Historia de un idiota contada por él mismo

Félix de Azúa

Historia de un idiota contada por él mismo

o El contenido de la felicidad

EDITORIAL ANAGRAMA
BARCELONA

Diseño de la colección:
Julio Vivas
Ilustración: Retrato de Albert Paris von Gütersloh, Egon Schiele, Minneapolis, Institute of Arts, 1918

Primera edición en «Narrativas hispánicas»: septiembre 1986
Primera edición en «Compactos»: mayo 1993
Segunda edición en «Compactos»: noviembre 1994
Tercera edición en «Compactos»: abril 1997
Cuarta edición en «Compactos»: abril 2000
Quinta edición en «Compactos»: julio 2002

Pedró de la Creu, 58
08034 Barcelona

ISBN: 84-339-2075-8
Depósito Legal: B. 33431-2002

Printed in Spain

Liberduplex, S.L., Constitució, 19, 08014 Barcelona

Este libro está dedicado a mis
precursores, Bouvard y Pécuchet,
y a Fernando Savater que
posee el secreto de la felicidad,
y a Marisol, que tiene un perro.

Si alguna vez tropiezo con viejas fotografías de mi infancia, lo que hace mucho que no sucede, siempre me sorprende y molesta el mismo, obsesionante, rasgo. En todas ellas —diez, veinte fotografías que me retratan desde la pila bautismal hasta los seis o siete años de edad— aparezco con la misma e insoportable sonrisa. Siempre es igual, idéntica, como si se tratara de una máscara y fuera independiente de mi verdadero humor. Este signo inequívoco de vileza ha determinado mi vida, una de las más desdichadas que conozco, y siempre en la misma dirección; desde mis primeras intuiciones supe que estaba obligado a simular una constante felicidad, y que semejante rasgo iba a ser lo que me permitiera sobrevivir; la única fortaleza en donde podría sentirme a salvo de los innumerables ataques de que iba a ser objeto. Una simulación de felicidad terca y constante me ha permitido, en efecto, llegar con vida al día de hoy, pero a costa de los mayores sufrimientos y de un hastío infinito. No obstante, prefiero no imaginar lo que habría sucedido de haber mostrado a cara descubierta hasta qué punto ni era feliz, ni falta que me hacía.

No recuerdo apenas nada de mi infancia, lo cual me lleva a pensar que, a diferencia de casi todos los seres humanos, cuyos recuerdos infantiles pueblan de dicha su vejez, la mía fue una infancia gris, aburrida, burocrática y abstracta. Así, por ejemplo, el único compañero de juegos de quien tengo alguna constancia, gracias a que figura en tres o cuatro fotografías a mi lado, con un porte serio, digno, magnífico, es un perfecto desconocido cuyo nombre habría olvidado de no ser porque apareció hace un par de años con un tiro en la nuca, doblado en cuatro, desnudo, en la maleta de su propio coche aparcado en un aeropuerto. Llevaba allí dos días y fue descubierto por su mujer cuando ésta decidió recuperar el automóvil, según me comentaron no sin cierta morbosidad. Esta muerte, noble y violenta, en contraste con mi actual agonía vegetativa, da una clara significación a esta figura serena, altiva, que aparece junto al sonriente gusano de tres años que no tengo más remedio de aceptar como yo mismo.

La infancia fue, para mí, lo que para otros el servicio militar; algo inevitable, decidido por el Boletín Oficial del Estado, y articulado en dos actos relevantes, la leva y la jura de bandera. De la leva nada puedo decir porque carezco de la información imprescindible, sólo sé que salí al mundo a regañadientes; y la jura de bandera se produjo el primer día en que recibí un tortazo

—al parecer por pronunciar en público la palabra «coño» que apenas si podía yo asociar con algo más que con «año», dada la frecuencia con que me preguntaban la edad los adultos desazonados por mi permanente sonrisa—; tortazo que recuerdo nítidamente por la proximidad de una puerta a la que hube de agarrarme para no caer al suelo. Con aquel decisivo acto se me informó sobre algunos extremos de la felicidad que luego he ido confirmando. A este primer encuentro con la definición de uno mismo venida desde fuera, con el Objeto que nos pone objeciones contundentes, con la noción de autoridad, le sucedieron incontables encuentros del mismo tipo, pues he sido uno de los ciudadanos más abofeteados durante su infancia y juventud que ha producido la así llamada burguesía catalana.

En todo caso, el bofetón llegado del cielo como una causa sin causa, como Primer Motor, incomprensible él mismo pero ordenador de toda comprensión futura, produjo un efecto formativo total pues alcancé la reflexión, la mirada venida desde fuera, y la conciencia de que no se podía uno descuidar de la sonrisa ni un minuto si quería seguir con vida en un Mundo ordenado según unas leyes que ya veía yo poco propicias para manifestar la infelicidad con el propósito de obtener algún rendimiento. Decidí entonces, a los cinco años de edad, ser el perfecto simulador de la felicidad, un profesional de la dicha, y simultáneamente comencé mi célebre investigación acerca del contenido de la misma.

Poco más se puede añadir sobre este periodo vacío y estéril que es la infancia, años de absoluta supeditación y dependencia llamados por los explotadores «años de felicidad infantil», como no sea el ataque de que fui víctima por parte de mi primer Médico, un inepto, como la práctica totalidad de la profesión, que dictaminó cáncer de huesos en donde sólo había un golpe fortuito y una cojera simulada para hacer juego con la sonrisa. Aquel suceso grotesco tuvo como resultado una segunda decisión formativa: la de no ponerme enfermo jamás, pues es en los momentos de debilidad cuando aprovechan para reducirte a escombros. Y puedo asegurar que me he mantenido incólume, con una salud de hierro, excepto en un par de ocasiones que me pillaron con la guardia baja; la primera cuando me inyectaron la vacuna de la difteria, a la que soy alérgico, y me dejaron tendido en la cama, paralizado de medio cuerpo para abajo; la segunda cuando simularon repararme el tabique nasal, roto en una caída de las paralelas —¡cómo recuerdo el agradable olor a húmedo en el momento de precipitarme sobre la nariz!—, simulación consistente en una carnicería en las inmediaciones de la pituitaria que me ha dejado sinusítico crónico, sujeto perpetuo de infecciones nasales y futura víctima de una asfixia mortal. No, no se debe estar nunca enfermo cuando se proyecta una vida de absoluta desdicha e investigación del contenido de la felicidad. Hay que sonreír y estar sano, aun a costa de la salud.

Es inevitable explicar que yo ya no era un niño a los ocho años, no sólo por el efecto aristotélico del tortazo y la notable contribución quirúrgica, sino también por la educación, la, repito, educación, que comencé a recibir en el colegio, uno de aquellos pretenciosos mastodontes que las órdenes religiosas construyeron con la intención de dar rienda suelta a sus más corruptos instintos. Un colegio caro, hortera, regentado por inválidos de alma y cuerpo, situado en una inmensa finca próxima a la Plaza de la Bonanova, finca hoy en parte parcelada y trufada de edificios, como si se tratara de un monumento al dinero, único y verdadero objeto de la educación religiosa de entonces.

Era imposible ser un niño, dadas las circunstancias, por muchos esfuerzos que hicieran mis compañeros en imitar el comportamiento infantil y por mucho que los religiosos nos trataran como tales. En realidad no les interesaba nada de nada que FUÉRAMOS niños, lo que exigían era que ASUMIÉRAMOS esa condición con el fin de eliminarnos de este mundo sin incurrir en ninguna responsabilidad penal. A un supuesto niño se le puede pegar, torturar, idiotizar, comprar y vender sin que nadie proteste, y menos en una dictadura fascista y católica, que es la más rastrera y ruin de las dictaduras, como han demostrado los recientes casos de Chile y Argentina, organizados con rigurosa sordidez religiosa y militar, es decir, usuraria.

Fue mi perfecta imitación de felicidad lo que me mantuvo con vida once años en aquel centro de destrucción. ¡Once años! Se dice en tres segundos pero vivirlo fue una muerte constante, minuto a minuto, durante once años, sin otra rutina que el abofeteamiento habitual y continuo, hecho domesticidad y, por lo tanto, no completamente dañino, no LETAL.

A mí me pegó todo el estamento profesoral sin excepción, y gracias a eso me salvé de la locura pues pude construir una coraza contra las enseñanzas de aquellos maníacos que alzaban los ojos ante la imagen de la Santísima Virgen María, con su túnica azul y aire de empleada del hogar, mientras anotaban en sus libretas de hule los elegidos para la próxima sesión de tortura. Espantoso espectáculo de hombres conviviendo con otros hombres como ellos, débiles y ansiosos, husmeándose los unos a los otros, rodeados por una nube de niños, hijos de buenas familias franquistas, para su delectación viciosa. Nunca olvidaré la expresión de asfixia sexual del Hermano Prefecto de Segunda, en aquella ocasión, a la salida del Salón de

Actos, en que, haciendo uso de la larga cadena del silbato, azotó, ante el pasmo general, a un crío que se había propasado en felicidad. Este Hermano Prefecto llevaba peluquín, lo que no deja de ser sintomático en un hombre enteramente dedicado a Dios y a la pedagogía religiosa. Años después me contaron que acabó regentando un garage ganado en matrimonio con una viuda; harto de peluquín, de cadena y de miseria física y moral.

Sólo en una ocasión estuve a punto de perder mi sonrisa protectora: fue el día en que le tocó pegarme al profesor de literatura, único ser algo humano en aquella reserva de antropoides. Una vez que lo hubo hecho me miró con los ojos llorosos y dijo, agitando unos puñitos peludos como cocos, que me odiaba porque en treinta años de actividad profesional era aquélla la primera vez que levantaba la mano contra un alumno. Consideré que había llegado el momento de moderar la expresión de felicidad y que me encontraba maduro para abandonar el colegio. Estábamos en lo que entonces se llamaba Curso Preuniversitario y sólo me faltaba un año para escapar de aquella factoría de brutalidades. Lo que venía luego, la Universidad, se presentaba a mis ojos como el verdadero nacimiento; todo lo anterior había sido un mero trámite sin interés. Hasta entonces sólo había conocido aficionados; pero ahora iba a conocer a los ESPECIALISTAS de la felicidad.

Creo poder afirmar que ningún paraíso infantil o infancia feliz institucional pudo ya atacarme, tras el paso por la iniciación; quedé inmunizado para siempre. Es esta una ventaja digna de consideración en unos tiempos en los que la venta de felicidad infantil se ha incrementado hasta alcanzar proporciones colosales; los proyectos de infantilización que promueven estados muy poderosos, como el norteamericano, han tenido un éxito BIOLÓGICO considerable y la edad actual de las poblaciones occidentales ronda los ocho o nueve años intelectuales. La lacra de la felicidad infantil ha extendido el deporte hasta convertirlo en un negocio de estado, sólo comparable con la fabricación de armamento nuclear; y ha rebajado las exigencias morales de los inexistentes adultos a niveles de jardín de infancia. No es de extrañar que en la actualidad la población desarrollada sea prácticamente analfabeta, a la manera de los niños, es decir, con una cantidad ingente de información inútil ocupando la totalidad del cerebro.

Sin embargo, los días más peligrosos para mi radical y rigurosa defensa contra la felicidad fueron los del verano, cuando me trasladaban a un pueblo de mar donde las familias se resquebrajaban de tedio durante tres meses; no quiero cerrar este apartado sin dedicarle algunas palabras. En aquella atmósfera africana, plúmbea, no era difícil relajar la vigilancia y encontrarse de pronto seducido por el brillo de una tela de araña recién llovida en cuyo centro relumbraba el lomo de la epeira, joya de nuestros jardines. O también, estupefacto a la manera de los opiómanos, pasarse media hora ante una lagartija que abría y cerraba voluptuosamente sus garras sobre la arcilla caliente. Estos ataques salvajes contra mi seguridad eran rápidamente compensados por la mística de juego y diversión, es decir, de felicidad, que se manifestaba a mi alrededor en forma de bailes nocturnos (los adultos) o excursiones y meriendas (el resto), de una monotonía inalterable y con el inconfundible tufo de las actividades marciales; más tarde he podido comprobar la función destructiva de bailes, meriendas y excursiones, gracias a uno de los pocos libros científicos que he leído, en el que se describe minuciosamente el efecto nocivo de tales aficiones sobre el protagonista —llamado Marcel— y algunos personajes emblemáticos (una princesa, una abuela, un noble bretón, un judío que se casa con una ramera, etc.), todos ellos conducidos lentamente a la más severa abyección por tomarse en serio tales distracciones.

Así y todo, debo recomendar la más extrema prudencia a quienes se encuentren en circunstancias similares —cerca de un riachuelo, o, en el crepúsculo, contemplando el regreso de los anchoveros—, pues es uno de los escenarios predilectos para el ataque de felicidad, y hay geografías con predominio de prados, lagos, cumbres, costas, en las que pueblos enteros han sucumbido a la descomposición moral y a una forma perversa de felicidad pedagógico-religiosa. Cuando se viaja o reside en tales lugares es conveniente mantener las ventanas cerradas, leer mucho a Dostoievski, utilizar gafas oscuras y alimentarse con latas de conserva. Sobre todo evitar, como a Satanás, todo cuanto se asemeje a una excursión, una merienda o un baile; los efectos son terminales.

La Universidad española, por el mero hecho de ser española, mal podía ser una Universidad, de modo que ingresé en la Cualquiercosa española, sección Ciencias, con la intención de hacer Exactas sin poner los pies en el centro, ni en ninguna de sus secciones y subsecciones, dado que tenía superada la felicidad pedagógica y esperaba, en cambio, descubrir nuevos datos sobre una forma reciente de felicidad a la que no tengo más remedio que llamar por su nombre: la militancia política de extrema izquierda revolucionaria. Los primeros datos sobre este enemigo de la felicidad que pregona la posibilidad de construir una sociedad feliz mediante el uso de unas cuantas generaciones de incautos, los obtuve gracias a la información de la prensa franquista. A poco que uno leyera con cuidado, era de todo punto evidente que aquellos enemigos, uno, de la religión y las buenas costumbres, dos, de la burguesía y de la propiedad privada, tres, de España entera, tenían que ser, obligadamente, unos caballeros. Cada vez que aparecía cualquiera de los graciosísimos ministros que por entonces ejercían, hablando de aquella manera tan singular, uno esperaba verlo saltar por los aires gracias a un enemigo de la religión, de las buenas costumbres, de la burguesía, de la propiedad privada y de España entera. Yo no logré ver saltar a ninguno, aunque más tarde Carrero Blanco en persona reuniera el inconsciente colectivo acumulado en cuarenta años por treinta millones de siervos, pero si me hubieran dado a elegir me habría encontrado en un apuro. Dejando de lado al Caudillo, a quien, no me cabe la menor duda, protegía la Providencia por un decreto especial del Señor —que no de otra manera piensa el Señor—, uno dudaba entre un petulante personaje embutido de blanco, actual jefe de la oposición, que se llama, y un inefable gordezuelo llamado Sánchez Bella y también la Bella Sánchez, según quien le mencionara, ministro de educación. Ese era mi ministro; ese hombre banal y feliz era la cabeza visible de la Cualquiercosa española; era natural que uno esperara ver desinflarse su flatulencia ontológica en cualquier momento, gracias a un simple alfilerazo. No pudo ser. Y no pudo ser porque los que habrían podido quitarle el tapón eran decididos partidarios de la felicidad (social, internacional, proletaria, planetaria) y, por lo tanto, unos beduinos errantes por la polvareda del futuro, sin mejor oficio que la untuosa vigilancia de prosélitos y militantes.

Presentaban, como si de un fenómeno circense se tratara, al Héroe Popular bajo el aspecto de un tornero-fresador con mono azul —el cual, por cierto, se hizo transexual en cuanto reunió cuatro duros y adoptó como nuevo apellido el de «Andersen», encantador homenaje a la sirenita, otro bicho con el sexo hecho un lío—, o incluso bajo el aspecto de El Minero Asturiano —otro ejemplo mal elegido pues años más tarde se dejaría crecer la corbata y figuraría como secretario general de uno de los partidos comunistas, toda una carrera—, sin consideración hacia los mineros y tornero-fresadores, los cuales son como yo, es decir, enemigos declarados de la felicidad, por muy proletaria que sea, y deseosos, ante todo, de alcanzar la desdicha aunque sea al precio de mucho gozo: ganar la lotería, ver partidos de fútbol por la televisión, asaltar un banco y luego no dar limosnas, mandar la familia al Congo y dedicarse a la bebida, el juego y las mujeres, etc.

Mi experiencia en el terreno de la felicidad planetaria fue triunfal. Y el cenit lo constituyó una semana de trabajo —en realidad conspiración y agit-prop— en una factoría de Sabadell en donde se trataban pieles de cordero con fines que me siguen estando vedados. En aquel estupendo ambiente, con un hedor que nunca más he podido disfrutar, y en amable camaradería con los hermanos proletarios, nos dedicamos, mi célula y yo, a instruirles sobre la miseria que padecían y el futuro feliz que les esperaba, con sólo que se dejaran matar un poco. Lo cierto es que a los cinco minutos nos palmeaban la espalda al grito de «¿no te jode el estudiante?» y pretendían llevarnos de putas.

Al término de nuestra labor de agitación y propaganda nos hicimos una foto y acudimos a cobrar. El empresario, un hombre tan parecido a Sánchez Bella que por un instante creí estar soñando, nos entregó el sobre de estraza con una invitadora sonrisa y susurró que nos había añadido algún billete más que a los restantes hermanos proletarios, porque él tenía un hijo en la mili y sabía lo que es pasar necesidad. El jefe de célula (hoy conspicuo urbanista al servicio de una inmobiliaria californiana) tuvo un movimiento altivo, pero nos lo llevamos a rastras gritando «pues muchas gracias» hasta tenerlo encerrado en el ascensor, en donde nos afeó la conducta mientras nosotros le hacíamos ver la inexistencia de contradicción entre aceptar aquel pequeño detrimento de la plusvalía patronal y el último discurso de Fidel sobre la cosecha del siglo.

¡Magníficos camaradas los de la militancia en la extrema izquierda revolucionaria! ¡Así nos luce el pelo! En cuanto alguien ni siquiera tan relevante como Sánchez Bella les ofreció una parcelita de promoción pública, se dieron de codazos para entrar en Palacio. España es hoy una así llamada democracia porque lo decidieron de este modo los torturadores, los explotadores y los estafadores. La libertad conseguida como gracioso obsequio es un fruto venenoso; Adán y Eva también recibieron gratuitamente su Paraíso, pero nuestros primeros padres tuvieron la prudencia de decir «no, gracias» y largarse a la desdicha, es decir, al hogar, a lo habitable. Nuestros vendedores de felicidad planetaria tenían tan poca fe en su propia mercancía que acabaron por comprar el producto de la competencia, el contenido de la felicidad que vendía el enemigo.

El fin de mis investigaciones sobre ese disfraz de la felicidad llegó el día en que leyendo un ejemplar prestado de *El amante de Lady Chatterley*, que se abría él solo por las páginas adecuadas, pensé si no iba siendo hora de averiguar algo sobre la felicidad producida por la copulación, el intercambio sexual sin reproducción, o el amor entendido como conversación de sordomudos.

El sexo. Pocas cosas gozan de un prestigio tan universal e indiscutible desde que, no hace muchos años, el sexo pasó a ser una cosa. Yo tuve la fortuna de vivir el ascenso del sexo a *bibelot* desde las más espantosas simas del mal. En un decenio, en un triste decenio, de ser uno de los motivos más evidentes de malformación de la columna vertebral (se pudría), de mongolismo, de catatonia, el sexo se alzó a la categoría de artículo de menaje, junto a los detergentes y las lejías. Entre las clases así llamadas bajas sustituyó al Opio del Pueblo —proféticamente lo intuyó Baudelaire en 1865: «la religión de las masas es joder»—; y entre las clases altas entró en franca competencia con los deportes náuticos. En la actualidad es muy fácil estar prevenido contra la felicidad sexual, pero en la prehistoria del sexo masivo no era tan fácil distinguirlo del cáncer de ovarios.

Yo había tenido algunas pruebas tangibles de la fornicación, a los trece años, con unas francesas —dos— que acudían cada noche, alternativamente, a mi camastro en el barracón de varones de una colonia veraniega ubicada en las proximidades de Bèziers. La una utilizaba prótesis dental de hierro y la otra gafas, lo que permitía su identificación. Eso es todo lo que recuerdo, junto a las grescas que se armaban en el barracón cada vez que entraba alguna de mis novias. La altísima calidad espiritual de los franceses quedó demostrada para siempre en aquellos meses; gritaban, cantaban y arrojaban objetos cuando entraba la muchacha de turno, pero luego el silencio era absoluto e incluso procuraban ponerse al ritmo que marcábamos desde mi cama. Eran hermosas variaciones orquestales para un número muy limitado de instrumentos. Guardo un agradabilísimo recuerdo de aquellas noches, no tanto por las copulaciones cuanto por el sano ambiente de camaradería que se respiraba en aquel barracón de setenta mozos, tan distinto del procaz, obsceno y promiscuo barracón del servicio militar.

Aquella experiencia, aunque sexual, no podía yo considerarla canónica, no tanto porque le faltara algún ingrediente material, cuanto por la inocencia de los partícipes, la cual eliminaba los contenidos de verdadera fechoría al hecho de fornicar, y por lo tanto los contenidos de felicidad. Nuestros actos contra la pureza, que se llamaban, era mucho menos extáticos que una buena partida de futbolín, así que no podía yo considerarlos plenamente sexuales y debía esforzarme por encontrar pronto una relación verdaderamente sexual, un auténtico ataque contra las buenas costumbres, si quería enterarme del contenido de la felicidad sexual.

Téngase en cuenta que la mayoría de la población juvenil y adulta adquiría esos conocimientos en las casas de putas, pero yo no podía reunir el dinero necesario, a los catorce años de edad, y de otra parte los establecimientos licenciosos estaban desprovistos de toda verdadera impureza: eran domésticos, atrabiliarios, barojianos; tan soberbiamente banales como la carnicería de la esquina, y a uno le daba la impresión de que podía tropezarse con su propia madre. La felicidad sexual había de hallarse en una situación socialmente perversa (lady Chatterley), con una persona radicalmente extraña (D.A.F de Sade) y, a poder ser, provista de un desenlace trágico (Ana Karenina). El resto eran juegos infantiles.

La oportunidad tardó en presentarse y durante buen número de años me aburrí practicando una sexualidad de bolsillo que sólo variaba según el uniforme de mi compañera. Las niñas del Colegio Jesús y María, generalmente muy ardientes, cuyos padres, como los míos, eran catalano-fascistas enriquecidos durante y tras la guerra, lo llevaban azul marino con cuello blanco. Las del Sagrado Corazón, más modestas y recatadas, con mucha clase media sobrevenida a alta, pero dotadas de un corazón fiero y audaz, no usaban peto ni cuello, pero sí unos terribles zapatos casi viriles. Por fin, las niñas del Liceo Francés, salvajemente inteligentes, muy superiores a nosotros y cuyas tendencias sádicas nos fascinaban, eran niñas sin uniforme en una ciudad uniformada, lo que les daba un aire de ir desnudas poderosamente excitante. Una niña del Liceo Francés era lo más buscado; las del Sagrado Corazón tendían a la estabilidad, pero no conocían frontera a los excesos una vez pactado el contrato; las de Jesús María eran extraordinarias: más tarde fueron perfectas compañeras, bebedoras, orgiastas, con ese gramo de locura que las ha ido dispersando por Europa y América.

¡Grandiosos hechos de armas, los de mis compañeras de generación del colegio Jesús María! Han sido uno de esos batallones de choque cuyo sacrificio sirve de alivio al dolor de muchas generaciones posteriores; pero su holocausto apenas nadie lo recuerda hoy día. En todas ellas se distinguen de inmediato los signos de una vida aventurera y dramática; las borracheras, la soledad, la ingratitud, el desprecio, la persecución pública; ese ha sido el pago que recibieron aquellas heroínas de cabello cardado y minifalda que agitaban sus cuerpecillos en el sendero de la guerra de los años sesenta provistas de un diafragma y un libro de Simone de Beauvoir. Verlas hoy en la desolación de las madres sin marido; amantes trituradas por la edad y la fatuidad de los hombres; traicionadas por sus amigas, apestadas para sus parientes, mal pagadas por mercachifles que prefieren secretarias de veinte años... es como ver a los granaderos de Napoleón después de los Cien Días. Un espectáculo que encoge el ánimo por lo grandioso y por lo fatal.

Tenía yo los dieciocho cumplidos cuando por fin se me ofreció un atisbo del contenido de la felicidad sexual, es decir, de la copulación considerada como un acto verdaderamente impuro; y aquello puso fin a la sexualidad que los adolescentes practican con sus compañeras de juego cuando no hay nada mejor que hacer.

Se llamaba Victoria; era la amante más o menos oficial de un tío mío (éste era el elemento perverso), me llevaba diez años (el elemento de extrañeza), y no podía terminar más que en tragedia ya que estaba casada con un notario. De otra parte, no me gustaba nada, pero de la misma manera que a un niño no le puede gustar la ginebra y siempre eligirá en su lugar un chicle de fresa. Era, para decirlo ingenuamente, del género atlético, que es un género frecuente a los treinta años; la gimnasia, la natación, el esquí, el color dorado de la piel, el uso de cremas y afeites, la habían convertido en un simulacro de pantera, pero muchísimo más desnuda que todas las panteras que yo había visto en el zoo hasta aquel momento. Era de una desnudez sobrenatural, metafísica, muy distinta a la desnudez de las niñas, por desarrolladas que éstas fueran, ya que no dependía del mayor o menor número de prendas que utilizara —estaba desnuda incluso con un abrigo de foca que le había regalado mi tío— sino de la puesta en escena del conjunto de sus miembros, los cuales eran, como en algunas divinidades hindúes, múltiples, llegando a poseer, en situaciones extremas, hasta seis o siete pechos, media docena de culos y un número ilimitado de vulvas. Su desnudez afectaba, además, a todos los sentidos corporales; para mí fue un descubrimiento OLER por primera vez la categoría abstracta de desnudez. Esa cualidad hiperfísica le permitía todo tipo de obscenidades, y, dada mi necesidad de conocer, se entregó a ellas con denuedo.

Voy a poner un solo ejemplo. Con el fin de corregir mi incredulidad, un día en que me juró que había copulado en plena misa, logró que copuláramos en público, es decir, ante su madre y dos amigas, sin que nadie se percatara del hecho, tomando un té con pastas y manteniendo una animada discusión sobre los Beatles. Comprendo la desconfianza con que puede toparse esta afirmación y me apresuro a añadir que el salón era grande, que ella y yo estábamos recostados en un sofá, que el resto de la concurrencia y nosotros mismos mirábamos en el aparato de televisión un programa sobre el escándalo del pelo largo, y que la gran mesa central cubría los ángulos laterales. A pesar de todo, lo esencial fue que, sin yo saber cómo, me encontré con una de sus vulvas inexplicablemente situada en el lugar adecuado, estando ambos con las piernas recogidas sobre el sofá y, por decirlo así, como dos cuatros, uno detrás del otro, quedando mis rodillas ocultas bajo su amplia falda. Aquella tarde, tras oír estupefacto su «¡ahora, idiota!», comprendí que había traspasado el umbral de la impureza.

Muchas y variadas son las actividades a que pueden entregarse dos personas cuyo único nexo es el conocimiento carnal; múltiples las posturas y diversas las circunstancias. Hay un registro notablemente amplio en la mecánica copulatoria como para que el espejismo de felicidad dure por lo menos un par de meses. Es muy similar a lo que dice Conrad sobre el trabajo en el mar, una tarea suficientemente agotadora como para facilitar el descanso, pero no tanto como para dejar exhaustos a los marinos, con lo que desaparecería la marina mercante. Es, en definitiva, algo que no se acaba nunca. Durante aquellos meses pude comprobar las sorprendentes analogías entre la gramática y la fornicación, en lo tocante a variaciones sintácticas, morfológicas y semánticas. Pero llegó un momento en que nos repetimos. Era inevitable, a pesar de sus pechos y sus vulvas. Y lo más probable es que fuera culpa mía, pues en todo aquel tiempo, yo, la verdad, no conseguí tener más que un pene.

En la habitual publicidad sobre el contenido de la felicidad sexual suele hacerse hincapié en lo cuantitativo, con toda razón. Los caudillos sexuales españoles, a la manera del sospechoso Don Juan, acumulan y ahorran de tal manera que su hoja de servicios mejoraría sensiblemente si poseyeran tres penes en lugar de uno, carencia ontológica que se advierte en los grabados de *Justine*, en donde hay una clara insuficiencia viril, sea cual sea la combinatoria. A los caudillos sexuales españoles no les cohibe fantasear sobre su necesaria limitación, pero a quienes vemos gran frivolidad en todo lo que se encuentra determinado por el capricho orgánico (poseer sólo dos ojos y no cinco, o dos piernas en lugar de cuatro), nos importa sobremanera. Hay actividades cuyo límite no viene impuesto tan claramente desde el exterior. Para rememorar, por ejemplo, sería inútil poseer dos cráneos, ya que entonces cada cráneo recordaría lo suyo. Pero para jugar al tenis sería una gran ventaja poseer cuatro brazos. De modo que todas las actividades aquejadas por esta limitación cuantitativa poseen un altísimo grado de aburrimiento, y es natural que, en un tiempo muy corto, se transformen en remedos de la actividad empresarial, ya que «ganar dinero» es la gran excusa metafísica que ayuda a soportar los más abrumadores tedios.

Para compensar y corregir el aburrimiento carnal se ha inventado el matrimonio, el cual lleva consigo todos los placeres, peligros, alarmas, aventuras y solazamientos de una vida, sólo que multiplicados por dos. Pero aquellas relaciones sexuales que no derivan en negocios, administración del patrimonio, pedagogía, codicia y otras actividades y pasiones semejantes, es decir, en matrimonio, son necesariamente efímeras. Y del mismo modo que los tenistas, al cabo de un cierto tiempo más o menos prolongado según sea la imaginación del muchacho o la muchacha, siguen jugando al tenis con el único propósito de vender camisetas o mantener la línea, que se dice, cosas ambas muy alejadas de los fines específicos del tenis y de la felicidad estrictamente deportiva, así también los amantes estrictamente sexuales acaban utilizando su sexo con fines políticos, económicos o religiosos, como ya demostró aquella rara lumbrera castrense llamada Choderlos de Laclos.

Se me dirá que acabada una relación se empieza otra y ya está, que un clavo saca otro clavo; y en efecto, así es, INEVITABLEMENTE; las relaciones se sucederán, pero el contenido de la felicidad sexual se alejará cada vez más para dejar lugar a los FINES SUBALTERNOS de caudillaje, cuidado de la inseguridad, odio de sí mismo, temor a la vejez, hasta ocupar por completo el espacio de la esperanza. Así sucede con todo aquello que tiene su definición fuera de uno mismo, decidida tan ignota y primordialmente como aquel primer golpe venido de la Nada.

En mi caso, mal podía proponerme Victoria transacciones económicas o conjuras políticas, de manera que una vez llegado a la perfección de la habilidad —cuyo síntoma inconfundible es el aburrimiento—, comenzó el problema de cómo desencadenar un final trágico sin necesidad de contar conmigo mismo en el reparto. El aprendizaje había concluido; el contenido de la felicidad sexual, como los anteriores, se agotaba en el paso de una actividad libre a otra lucrativa, de integración estatal. Ahora lo veía como una zanahoria tras la cual espera el garrote de la institución. Ni siquiera los componentes específicamente modernos de perversión, asociabilidad y tragedia eran otra cosa que antiguos (o eternos) cepos, renovados con el propósito de mantener la clientela. Nada se aprende en el uso sexual de los cuerpos que no pueda conocerse con muchísimo mayor provecho en los calabozos de la tortura, pues el gozo puro de la carne sólo es un interrogante, y su respuesta consiste en un abanico siniestro de posibilidades que responden metódicamente a la pregunta: ¿qué se puede hacer con un cuerpo?

No importa la pasión que nos mueva —amor, odio, servicio a la patria, eficacia—: el cuerpo es tan sólo una excusa para la exploración científica. Los torturadores chinos, durante el mandarinato, competían entre sí de tal manera que ganaba aquél que conseguía mantener con vida a su víctima habiéndole amputado la mayor cantidad de materia orgánica posible. Algunos testimonios nos documentan sobre escuetas masas limpiamente dispersas sobre un cojín de seda, sin relación alguna con la figura humana, pero provistas de un inquietante latido, observado con arrobo por los altos dignatarios.

Las relaciones estrictamente sexuales deben, para mantenerse en el tiempo, echar mano de recursos similares, reduciendo a su mínima expresión lo humano del cuerpo, hasta que desaparezca este último latido en un breve pero intenso éxtasis retenido durante meses de práctica amputadora. Nosotros ya no sabíamos qué introducir y por dónde, qué morder, desgarrar o acariciar y con cuáles instrumentos añadidos; qué nuevo disfraz o comedia fantástica, interioridad, humor o micción compartir; en qué posición y sobre cuántos muebles, apoyos o aparatos; sumando a quiénes y en qué número; dañando o, por el contrario, mimando hasta la exasperación qué partes de quiénes, de qué edades y en cuál relación de parentesco... En fin, al cabo de un año el aprendizaje de la felicidad me había conducido a un mundo sumamente parecido a una oficina del catastro en la que el afán clasificatorio se impone a todo lo demás, como ya le sucediera al pedantesco Marqués de Sade, entomólogo mayor del reino sexual.

La historia de una educación siempre acaba poniendo de manifiesto la decisiva intervención del azar como verdadero formador de la personalidad, es decir, del aspecto externo de cada cual. ¿Qué azar condujo a Hölderlin hasta la casa del banquero Gonttard, o sea, hasta la locura? ¿Podemos seguir llamando «suerte» o «casualidad» a la coincidencia de neoplatónicos florentinos y momias egipcias embalsamadas con papiros cubiertos de diálogos socráticos? ¿Es irrelevante que los mayores yacimientos de petróleo se encuentren en naciones, no sólo incapaces de utilizarlo, sino carentes de agua, en respuesta a la esponja empapada de vinagre que se alza ante el Sediento? Estas cosas hacen pensar en un *Dieu trompeur*, y por consiguiente en un *Dieu*.

Mi tío, hombre arrogante, guapo, inestable, denunció mis relaciones prematrimoniales —delatadas por Victoria con el fin de excitarle en sesiones, digamos, complementarias— ante el consejo familiar, el cual tomó la resolución de acabar con el asunto enviándome a estudiar a Navarra, que era entonces algo así como enviar a alguien al Penal de Santa María. Siempre que pienso en mi tío lo hago con gran simpatía —hoy tengo su edad de entonces— e imagino la lucha desgarradora (y morbosa) que sostuvo contra su vanidad, escuchando los relatos de Victoria y esperando hasta el límite de su voluptuosidad antes de denunciarme. La última vez que coincidimos —él vestía con cierto atildamiento y recuerdo sus escarpines italianos de piel tan suave que transparentaban la delicada articulación de los tarsos— fue para despedirnos en buena amistad; aquejados ambos por la misma ciega necesidad de saber, no podía haber enemistad entre nosotros. Como el oficial que envía a un soldado indisciplinado a primera línea, sin evitar una sonrisa de envidia y complicidad, me entregó una fuerte suma de dinero y un librito que es, a mi entender, una de las joyas científicas sobre el sexo, *Adolphe*, en cuya lectura encontrarán consolación todos aquellos que hayan estado a punto de perder la vida por delicadeza.

El desenlace trágico tuvo lugar poco después de mi partida. Pero el suicidio de mi tío fue su última obra de arte y una auténtica lección de sabiduría sexual: lo encontraron colgando de una viga, ahorcado, con sendos quijotes de bronce cosidos a las tetillas con hilo de nylon. Victoria me envió la esquela y una foto porno en la que aparecía sacándome la lengua entre las piernas de su marido.

El destino de mi viaje era Pamplona, en donde debía seguir estudios de ciencias; el señor Arteta, uno de los pocos colaboradores de mi padre realmente inteligente, había alquilado un pequeño apartamento en Carlos III, con los muebles indispensables, y todos los meses recibía una cantidad de dinero, suficiente para mi manutención, que me entregaba en estupendas noches de borrachera. A cambio de lo cual yo debía olvidar definitivamente mi apellido, mi hogar y mi ciudad. Iba a resultarme muy fácil, porque en mi condición de desterrado era presa ideal para otro disfraz de la felicidad: el Amor, enfermedad que ataca sobre todo a los solitarios, a los deprimidos y a los que no saben qué hacer consigo mismos.

Es natural que el Amor se presente después —y no antes— del aprendizaje sexual, bajo el aspecto de una puerta más alta, noble y capaz de conducirnos a la felicidad, ya que se trata de una síntesis entre la felicidad política (colectiva, ética, dogmática) y la felicidad sexual (individual, estética y acéfala). El Amor parece una solución perfecta entre las abstracciones universales de la organización social y la tendencia anárquica, destructiva, de la relación sexual. Un Enamorado cree que ha resuelto por su cuenta el conflicto entre Mundo y Yo, desde el momento en que está convencido de que pertenece a Lo Otro, sin por ello dejar de ser Él Mismo. Espejismo de muchísima fuerza por lo secreto de su truco y lo doloroso de su elucidación, como ya intuyera alguien tan alejado de la psicología como Platón.

Yo no sabía lo que era el Amor, a pesar de haber leído algo al respecto, como todos los jóvenes, en el tratado de taxidermia conocido como *Madame Bovary*, pero no lo había comprendido suficientemente; tampoco la cinematografía había servido para nada a causa del aspecto impoluto, mineral, de las actrices y de los actores, el cual daba lugar a una percepción irreal, fantasmal, de cualquier acontecimiento o acción. La inverosímil melena rojiza de Maureen O'Hara trasladaba al universo de lo fabril y mecanizado aquella escena en la que, tras abrirse la puerta de la choza por la violencia de la tormenta, John Wayne, agarrándola de un brazo, la aplasta contra su pecho. Lo mismo sucedía con el primer plano, contra un mar embravecido, de James Steward y Kim Novak besándose como en una ilustración musical de Tristán e Isolda. Y en aquel otro de Glenn Ford y Ruth Roman, con el fondo de una central térmica, tan semejante a una exposición de la Terrestre y Marítima. O en el de Robert Taylor y Deborah Kerr, con los mártires cristianos como decorado, que luego he visto en el Museo de Bellas Artes de Valencia, obra de Benlliure. Todas estas representaciones eran SIMBÓLICAS, y estaban muy alejadas del patinazo metafísico en que consiste realmente el Amor.

Algo había atisbado en los relatos sobre la creación del Mundo que nos hicieron estudiar en el colegio. Allí se nos dijo que la Máxima Personalidad decidió un buen día rodearse de estrellas, planetas y hombres, POR AMOR. Ni lo entendíamos entonces, ni es fácil de entender ahora, a pesar de los esfuerzos de Fichte por hacernos comprender que somos el contenido y significado de una forma infinita, y los no menos interesantes esfuerzos de Hegel para que nos enteremos de una vez de que la Máxima Personalidad y la Nada son hermanos univitelinos de cuya conversación nosotros somos una metáfora.

En todo caso estaba claro que el Amor era, principalmente, y a diferencia de la política y el sexo, una relación PRODUCTIVA, es decir, con resultados tangibles a corto plazo, como la perpetuación de la especie; ya que si bien el sexo exige la esterilidad para su multivariada combinatoria, y la política sólo tiene resultado en un Futuro permanente, el Amor, en cambio, consiste en decidir por cuenta propia que es bueno todo lo que hay, y que todos tienen derecho a disfrutarlo; en especial, nuestros innumerables hermanos habitantes de la negra Nada.

Eso era todo cuanto yo sabía del Amor en el momento en que se me presentó armado como Atenea y dispuesto a dar guerra. Ni yo lo llamé, ni creo que nadie sea tan insensato como para desearlo; el Amor se presenta en la vida de cada quisque con el fin de dar una lección. Y la da; ya lo creo que la da.

Que la práctica totalidad del globo con

suficiente dinero como para permitírselo dedique el noventa por ciento de su tiempo a esa lección, que todo el Occidente industrial y cristiano se encuentre obsesionado por las trivialidades que sacuden como monigotes a extrañísimos personajes —peluqueros, princesas, campeones, esposas de alguien, ministros, chorizos, pilotos— se debe, principalmente, a que es la única metafísica permitida por los estados racionales. El grado de abstracción del Amor es tan destructivo de las diferencias que iguala genocidas, camareros, rameras y obispos, lo que proporciona una reflexión universal de índole trascendental suficientemente fuerte como para alcanzar a todos los rincones sociales: porterías, gabinetes ministeriales, sociedades financieras, casetas de baño, estadios de fútbol, urinarios, qué sé yo... De ese modo, sin apenas darse cuenta, las sociedades modernas que ya no pueden creer en la salvación cristiana, viven una ESPERANZA metafísica absolutamente dañina para la justicia, la inteligencia y el placer, pero adecuada a las finalidades de esclavitud y embrutecimiento que mueven a los amos del estado. Esta trampa de la felicidad amorosa es, en la actualidad, indestructible y muchísimo más poderosa que todas las anteriores.

Yo vivía en un pequeño apartamento cuyo papel de pared con motivos rococó me producía frecuentes pesadillas en las que una pastorcilla decapitada (¿María Antonieta?) entregaba un ramo de cabezas de oveja al pintor Caravaggio (seguramente mi padre, o el padre de mi madre, nunca lo he podido esclarecer), el cual, soplando sobre ellas como sobre un villano, las esparcía hasta quedar suspendidas en el firmamento en forma de Osa Mayor; en su extremo, ocupando el lugar de la estrella Polar, se encendía y apagaba el «Cristo Muerto» de Holbein realizado con tubos de neón (evidentemente «Né on Julbeny», «nacido en Julbeny», que es un pueblecito costero en donde, a los tres años, vi cómo un payés se comía un pez rojo del estanque); luego se verá que el sueño prefiguraba los distintos capítulos que componen esta historia.

Mis obligaciones eran simples; simular que ignoraba mucho más que mis profesores, lo que era de todo punto imposible, y proseguir mis investigaciones privadas sobre el contenido de la felicidad. Los primeros dos meses fueron deliciosos.

Un buen día llamaron a la puerta; al abrirla me topé con una dama menuda, nerviosa, decidida. Mediante una insistente presión de los dedos me echó para un lado y sin mediar palabra entró en el recibidor, un agujero oscuro con el contador de la luz por eficaz decoración. Una vez dentro, giró sobre sus tacones y manteniendo el bolso apretado contra el regazo con ambas manos, me miró de arriba abajo. «Creo que me he equivocado. ¿No es aquí donde alquilan una habitación de estudiante con derecho a cocina? En realidad da lo mismo.» Sin esperar respuesta se plantó en el comedor en donde yo tenía instalado mi gabinete de investigaciones, o sea, dos ceniceros desbordantes de colillas, una botella de ginebra Giró medio vacía y *Crimen y castigo* abierto sobre la mesa con las tapas cara arriba. «¡Ajá, veo que es usted estudiante de Derecho! Me alegro, porque mi hijo está matriculado en su Facultad y necesito que alguien me lo vigile (remarqué el «me»); es un muchacho un poco... es totalmente imbécil. En cambio usted me parece sensato. Si está de acuerdo le pagaré cinco mil pesetas al mes por la habitación y quinientas más por informarme de todo lo que haga o deje de hacer. ¿Qué le parece?» Iba teñida de oro y plata, vestía un traje sastre de color cereza y se pintaba los ojos —muy azules— con una línea verde clara.

Quedamos inmediatamente de acuerdo y bajé para acompañarla hasta el automóvil, un Peugeot 404, acero puro, en cuyo interior distinguí el perfil de una muchacha. Mientras la madre escribía su dirección en Madrid y un cheque de cinco mil quinientas pesetas, la chica y yo nos miramos sin pestañear. Fueron los dos minutos que preceden a la ejecución del condenado; minutos blancos en los que uno acoge en su interior la abismal inconmensurabilidad de la muerte.

Cinco mil quinientas pesetas me convertían en un estudiante casi rico; el hijo de la dama, Pedrito, resultó, en efecto, un perfecto imbécil, pero muy fácil de vigilar ya que se pasaba todo el santo día tocando la guitarra y mirándose en el espejo, datos estos que yo comunicaba regularmente al teléfono de Madrid: «Esta semana ha tocado la guitarra y se ha mirado al espejo.» «¿Nada más? ¿Sólo eso?» «Sólo eso.» «Muy bien, que siga así, sobre todo que siga así.» Y así seguía. En una ocasión tanteé el territorio de su hermana, pero al no obtener más información que un somero: «Esa tía es tonta», abandoné para siempre.

Abandoné, pero no dejaba de pensar en ella un solo instante; tantas vueltas di a los rasgos entrevistos a través de la ventanilla del Peugeot, que acabaron convertidos en una pasta informe. Había olvidado si era rubia o castaña, ojizarca o moruna, camusa o respingona; pero daba igual, ella era la pieza insoslayable de mi siguiente experimento científico; ella era el Objeto Amoroso, que se llama, y que, como todo el mundo sabe, adopta los aspectos más sorprendentes, un octogenario con ortopedia (Jupien), un botín de treinta ojetes (Mirbeau), un can alsaciano (el director de una conocida revista inglesa de izquierdas), ya que el aspecto material del Objeto Amoroso es la cosa menos importante del mismo; la prueba está en que la especie entera, sin excepción, ha concebido uno, por lo menos.

Sin embargo, mi objeto-sin-rasgos debía cumplir un requisito para que el experimento tuviera lugar; debía tomarme a mí como objeto-sin-rasgos de su propio experimento. ¿Lo habría hecho? ¿Sería yo, en aquellos momentos, una pasta informe en el molinillo de su imaginación? Esta pregunta no me torturaba, pero sí me inquietaba. Yo estaba dispuesto a tener paciencia; en algún momento del año, me decía, acudirán madre e hija a visitar al Narciso Musical, aunque sólo sea para justificar las cinco mil quinientas pesetas mensuales. Pero no fue así. No aparecieron por allí jamás.

Durante cuatro meses Pedrito cubrió de callos las cuerdas de su guitarra y desgastó por completo un espejo que hubimos de sustituir por otro, elegido con sumo cuidado por el usuario, con laterales practicables que permitían la visión de perfil. Pero al término del cuarto mes se presentó en mi gabinete de investigaciones, puso una mano sobre las páginas de *El castillo*, y mirándome fijamente dijo: «¡Hala, coge la pasta que nos vamos a San Sebastián!» En sus ojos bailaba una luz despiadada que ya me había llamado la atención en su madre; cavilé si también su hermana poseería ese inapreciable regalo genético. «¿Qué pasa?», pregunté sin demasiada convicción, pues estaba claro que al fin iba a enterarme de por qué aquellas cinco mil quinientas pesetas caídas del cielo. «La Tamborrada», contestó. Me levanté, fui hasta la cocina, abrí una lata de galletas Birba, conté: «Seis mil y pico.» «Es más que suficiente. ¿Puedo acabarme la ginebra?» Podía acabarla. Sobre todo teniendo en cuenta que quedaba más de media botella. Cuando salimos a la calle hacía un frío mortal y Pedrito estaba radicalmente borracho.

Los tres días siguientes fueron para mí lo que para otros son las oposiciones a catedrático; algo temido desde tiempo atrás, pero inevitable para hacerse hombre. En la misma calle de Carlos III Pedrito rompió la ventanilla de un Renault Gordini con una piedra, arrancó los cables y montó un puente no sin equivocarse un poco, con el consiguiente derrame de claxonazos inconexos. Salimos al galope hacia Lecumberri por una carretera cuyas tenebrosas curvas se adaptaban exquisitamente a los bandazos del loco que conducía, y aspiré con placer el hedor de la papelera tolosina a las siete de la tarde.

A partir de ese momento, San Sebastián, antigua residencia veraniega de pelmazos madrileños, hoy charco de alcohol en el verde corazón de Guipúzcoa, nos acogió como una madre que es y nos descargó en el estómago no menos de dos litros de vino en media hora. El inteligente mecanismo digestivo vomitó el contenido sobre unos franceses que insistieron en golpearnos, sin conseguirlo gracias a que Pedrito hizo girar con gran habilidad una navaja de respetables dimensiones bajo sus narices, y volvimos a empezar como si tal cosa, saltando y gritando «Gora Euskadi» o «Viva Asturias», indiscriminadamente.

Aquellos que nunca hayan vivido el espectáculo entre deslumbrador y repugnante de una ciudad entera de hombres borrachos, desconocen uno de los aspectos más instructivos de la cultura, sólo superado por la guerra y la peste bubónica. Pocos son los lugares en que tal cosa sucede a fecha fija; en Bruselas o Liverpool hay siempre los mismos borrachos en los mismos lugares, todos los días; pero en algunas ciudades la borrachera diaria es un aperitivo de la borrachera colectiva a plazo fijo. Pues bien, de esas ciudades alcohólicas con premeditación, la inmensa mayoría son españolas, y de ellas no menos de la mitad están en el País Vasco. La así llamada Tamborrada es una más de las muchas fechas en que toca viril borrachera colectiva donostiarra. Es un acontecimiento algo alejado de las Panateneas, Saturnalias, Lucarias, Furrinalias o Volturnalias, pero no deja de tener su gracia.

A las tres de la madrugada, Pedrito y yo nos descolgábamos por las escaleras de la Concha con el fin de vomitar por tercera vez, ahora en la playa, pero no lográbamos pisar arena; muy al contrario, resbalábamos sobre una superficie viscosa. Incliné mi inexistente cabeza hacia el suelo y me percaté de que estábamos caminando sobre una alfombra de CALAMARES. «Mira —le dije con voz sosegada pero con el corazón en vilo—, la playa está cubierta de calamares.» Al no recibir respuesta busqué a Pedrito con la mirada, al tiempo que recibía un culatazo en los riñones. «Circulen, coño», dijo el amable funcionario de la metralleta. La playa de calamares estaba llena de gente provista de sacos en los que trataba de meter el mayor número de calamares posible, mientras iba siendo empujada con métodos poco delicados por las así llamadas fuerzas del orden. Yo no entendía muy bien lo que estaba sucediendo, y tampoco lo entendí luego, cuando el comisario habló de mareas, bancos de sepia y el precio de mercado, pero de una cosa era consciente: de que a Pedrito y a su navaja podían intentar separarlos.

Sólo a un borracho se le ocurre gritar: «¡Pedrito, tira la navaja!» justo cuando está siendo retirado a culatazos de un lugar, y gritárselo a un compañero a quien arrastran por el pelo dos civiles. Así me lo hizo comprender Pedrito, una vez esposados y vomitados en el calabozo, sin perder ni por un momento su mirada despiadada y serena: «Ya decía Susana que parecías tonto.» Traté de contener la taquicardia sin ningún resultado, pero logré retrasar mi pregunta unos segundos, los suficientes para no hacer gallos. «¿Quién es Susana?» Me miró como se mira a alguien que nos pregunta dónde está la Plaza Cataluña en la Plaza Cataluña. «¿Todavía no sabes ni su nombre? Mi hermana, imbécil.»

Ahora ya lo sabía. Sabía que se llamaba Susana, que me tomaba por tonto, y que pronto se iba a enterar de lo mal que suelo comportarme cuando piso calamares.

Llegaron madre e hija (¿iban siempre juntas a todas partes? ¿sólo cuando se trataba de Pedrito? ¿insitió Susana en acompañarla al saber que yo compartía la misma celda?); pagaron, supongo; hablaron con quien había que hablar; nos recibieron en la puerta del cuartelillo; y me quedé sin empleo. «Le descuento, además, las cinco mil quinientas del corriente mes de enero (las tenía Pedrito), y me llevo a este bobo a Madrid. Si tuviera usted vergüenza, me reembolsaría los cinco billetes de avión que me va a costar esta broma.» Logré convencerla, sin embargo, de dos cosas; la primera, que no tenía cómo volver a Pamplona; la segunda, que me moría de hambre y de jaqueca. Me invitó a comer, aquella alma buena, pero añadió que volviera a Pamplona en auto-stop.

Comimos los cuatro juntos y en silencio, en una infame cafetería de la Avenida; ensaladilla, pollo frito y flan; ni un solo instante dejamos de mirarnos Susana y yo. Era evidente que ella era el Objeto adecuado y no me cabía duda de la recíproca. Nos despedimos en la parada de taxis que hay frente al Guría; ellos iban al aeropuerto, yo a donde Dios quisiera. La dama me estrechó la mano e insinuó una sonrisa sardónica de muy mal gusto; Pedrito ni me miró; Susana me besó en la mejilla. Con la mano en la portezuela del taxi, para cerrarla, convencido de que siempre habría una ventanilla entre nosotros, le pregunté si volveríamos a vernos. «No sé, como no vengas a Madrid...» Los cierres golpearon con el sonido seco de un frigorífico alemán. Estaba claro. Susana quería jugar la partida en su propio terreno. A mí me era indiferente —ése fue mi primer error—, así que mientras caminaba hacia la salida de Tolosa, mirando el cielo crepuscular y nuboso, comencé a reflexionar sobre mis posibilidades de supervivencia en Madrid.

Habían pasado dos días desde que salí de Pamplona; pero el tercero fue el peor. No sólo tardé veinte horas en llegar a casa, sino que ni siquiera recuerdo cómo lo hice, seguramente a pie; tenía la cabeza demasiado ocupada con asuntos importantes. Y ése es un rasgo que no pasa inadvertido al investigador: en cuanto un individuo cae enfermo de Enamoramiento, el mundo se disuelve como una pastilla de jabón en un barreño de ácido sulfúrico. Ese primer alivio, la esfumación de los problemas vitales y reales, el ordenamiento INTERNO de otro mundo, cuyo sentido tiene la dirección de una flecha que conduce al Objeto Amoroso, es la puerta de oro cuyos brillos engañosos conducen fatalmente al desastre.

El caso es que bastaron esas veinte horas para que mis proyectos se articularan de un modo verosímil; pero es que ahora todo era verosímil y FÁCIL. Comencé a tejer una tela de araña capaz de apresar una ciudad de tres millones de habitantes, de los cuales más de dos terceras partes eran improductivos. Si en una ciudad viven tantísimas almas del esfuerzo ajeno, malo será que yo no lo consiga, argumentaba conmigo mismo. Repasé mis habilidades pero no encontré ninguna que me condujera rápidamente al robo, la estafa, el timo, el proxenetismo, el juego, la política o el periodismo. Sin embargo, hablaba y leía francés e inglés, dos propiedades que, aunque parezca mentira, le estaban vedadas a la práctica totalidad de la capital española de aquellos tiempos. Era cosa sabida que el director de uno de los siete grandes bancos, dueños reales del país, había llegado a su cargo por ser el único que hablaba algo distinto al vallisoletano en el consejo de administración; así de patriotas eran entonces nuestros financieros. Sin una meta tan ambiciosa, imaginé posible situarme por debajo suyo.

Lo gracioso es que lo conseguí, y exactamente gracias a los motivos aducidos. Era muy fácil en los años setenta ganar cuatro cuartos, justo lo necesario para no trabajar. El curso siguiente comenzó, para mí, con un piso en la calle General Pardiñas, la matrícula en Ciencias, y visitas diarias a Susana, la cual había aceptado mi invitación a investigar el contenido de la felicidad amorosa una tarde de septiembre, en un banco de la Castellana, del siguiente modo. Preguntada acerca de sus inquietudes en torno al Misterio del Amor contestó que se sentía inclinada a escrutarlo; preguntada si había elegido compañero a tal fin, contestó que no; preguntada si yo le parecía adecuado para ejercer de Objeto Amoroso, no contestó; sacó una moneda de cinco pesetas del bolsillo, la lanzó al aire, observó cómo caía, y concluyó: «Bueno.»

Allí dio comienzo el cuarto capítulo de mi desdichada vida científica. No voy a relatarlo por extenso, pues es cosa sabida en cualquiera de sus infinitas encarnaciones singulares; sólo diré, a modo de resumen, que el problema, en el inicio, se plantea del siguiente modo:

YO — No me cabe la menor duda de que tú y yo somos Uno, pero no tengo la certeza de que tú no seas Otro.

ELLA — Estoy convencida de que tú y yo somos Uno, pero me pregunto si se tratará del mismo Uno.

Como puede verse, yo asumí desde el comienzo la duda sobre el Objeto, en tanto que ella elegía una duda más amplia, la de la unidad misma. Yo dudaba de que ella cubriera acertadamente su papel; ella dudaba de que entre ambos pudiéramos representar algo. Esta diferencia requiere una explicación.

En todas las parejas que investigan la felicidad amorosa hay un reparto de funciones que no depende del sexo respectivo. Al principio, por ejemplo (pero las variables son infinitas), ella es buena, dócil, no sabe ganar dinero, es lista, frágil, cariñosa y fiel, en tanto que él es colérico, independiente, eficaz, inteligente, protector e infiel. Es un esquema vulgar, pero frecuente. Pues bien, sea cual sea el reparto de funciones, a lo largo de una investigación amorosa TODAS LAS FUNCIONES SE TRUECAN, si es que estamos hablando de una investigación seria, porque se trata de un fenómeno de mutuo espejismo y cada uno de los Objetos quiere ser el Otro. Y lo consiguen. Conseguirlo quiere decir dos cosas; primero, aburrirse del Otro por lo mucho que se parece a lo que uno era ANTES; segundo, comprender lo mediocre y zafio que era uno ENTONCES. Consecuencia: el otro es AHORA mediocre y zafio.

La felicidad amorosa, llegados a este punto, aparece en su verdadera verdad, como un intento de comprensión filosófica que no ha utilizado el método adecuado, ya que lo que se trata de comprender es nada menos que ese concepto vacío, el tiempo, o su metáfora más habitual, la muerte; y para alcanzar a comprenderlo es preciso utilizar otros métodos, como luego se verá. ¿Y por qué, siendo SIEMPRE así, pervive el mecanismo amoroso en las sociedades industriales, complicando tantísimo las vidas de las personas? Porque siempre es una experiencia SINGULAR, la única que parece de uno mismo y sólo de uno mismo, ya que todas las restantes experiencias de investigación, a partir de ésta, ya no son singulares sino universales.

En la investigación amorosa los individuos se mantienen como individuos, con su pelo, sus ojos, sus huellas dactilares que les hacen irrepetibles, y no pueden dejar de ser individuos. Pero una vez dilucidado el contenido de la felicidad amorosa, las búsquedas subsiguientes, si la primera ha sido llevada a cabo hasta sus últimas consecuencias, YA NO PODRÁN SER DE NINGÚN INDIVIDUO, porque necesariamente se habrá superado el umbral de la huella dactilar y de lo singular, y se habrá penetrado en el neutro, silencioso, quieto mundo de lo general y de lo universal, en el que nada tiene nombre propio, ni mucho menos pestañas.

Esta característica de singularidad hace que toda investigación amorosa le parezca a uno MUY PERSONAL, irrepetible y llena de originalidades (que, vistas desde fuera, son aplastantemente vulgares) y sorpresas (sólo para quien las sufre, pues los demás las ven venir de lejos); en definitiva, toda investigación amorosa puede contarse como si fuera ÚNICA cuando en realidad es de una ordinariez que hace girar la cara.

Así por ejemplo, la dialéctica de los celos, definitivamente diseccionada en los modélicos tratados científicos conocidos como *La Prisionera* y *Albertine ha desaparecido*, produce siempre una sensación de novedad mundial, por mucho que nada haya variado en ella desde las cuevas de Altamira. Así también, las rupturas dramáticas, soberbiamente descritas en el documento vienés llamado *El Duelo*, parecen aportar siempre nuevos datos a lo que de puro y simple no admite ni el añadido de un acento circunflejo.

En mi caso, que es sólo uno más de la infinita serie, la sensación de novedad estaba determinada por el reparto de funciones. Yo tengo una inteligencia dominada por el Entendimiento, que es facultad formal y ordenancista; pero Susana poseía una inteligencia de signo contrario, gobernada por la Imaginación, que es facultad creativa, productiva, transformadora. Realizábamos, por tanto, la perfecta unión conocida en los manuales como la pareja «modelo siglo dieciocho», pues allí donde yo me esforzaba en clarificar y clasificar, como un biólogo discípulo de Buffon, ella se esmeraba en reventar los esquemas y organizaciones con soplidos de genialidad neoclásica, a la manera de Diderot. Mi principal preocupación, desde buen comienzo, fue poner las cosas en su sitio, como en un museo, para investigar con orden y método; pero ella negaba que hubiera sitio alguno en un proceso dinámico (a eso se le suele llamar Utopía); y frente a cualquier orden y método alzaba la guillotina de la invención sobre la marcha, la improvisación meteorológica y la finalidad sin fin. Son dos funciones habituales que se presentan en todas las parejas, a veces en ella, a veces en él.

Pero si al comienzo a mí me tocó sufrir la imposibilidad de ver claro y ordenado, de entender, a la manera de los redactores de Constituciones, al final, con las funciones trocadas, me cayó en suerte soportar la invención imaginativa del fracaso, de la nulidad, de la banalidad amorosa, con todos los fantasmas que trae consigo. En cambio, el inventivo comienzo de Susana, imaginando el futuro de la investigación, fue muy gratificante para ella, pues todo estaba por hacer; en tanto que al final, cuando atacan las nieblas y los horrores, tuvo el consuelo del entendimiento para protegerse de los mazazos de dolor.

Esta diferencia, experimentada como «originalidad», estaba, en realidad, jerárquicamente sometida a otra diferencia más profunda, cuyo descubrimiento sería lo que me impulsara hacia la siguiente investigación.

Como ya he dicho, yo estudiaba Ciencias con la intención de seguir luego la especialidad de Exactas —un nombre estupendo para esa disciplina, la matemática, que es el arte de la rigurosa inexactitud, como bien sabemos desde Leibniz— y dedicarme profesionalmente a vivir del cuento, a saber, de becas de investigación y memorias científicas perfectamente inútiles sobre tal o cual sutileza desprovista de todo interés. Los estados industriales se ven en la obligación de financiar a un verdadero ejército de parásitos (los llamados científicos) con el fin de justificar la miseria de una población semiesclavizada y embrutecida que cree en el progreso científico, sin entender una sola palabra, como antaño creía en la Asunción de la Virgen. Yo pensaba dedicarme a parásito.

Susana, en cambio, había elegido su lugar ENTRE LOS PERDEDORES, y estaba matriculada en Filosofía. Ya he dicho que al principio yo sólo utilizaba el Entendimiento y ella sólo la Imaginación. Por mucho que yo tratara de soslayar la cuestión, ésta emergía de manera constante en nuestras batallas hacia la felicidad amorosa. Yo, como es natural, defendía la necesidad de llevar hasta sus últimas consecuencias la muerte de Dios, para lo cual era necesario utilizar el paradigma científico hasta que el mundo saltara hecho pedazos; pero ella despreciaba con gran petulancia mi estrategia, alabando de un modo injusto y desmesurado toda suerte de ñoñerías alemanas como la libertad del sujeto fundado en sí mismo o los distintos momentos del Espíritu en el despliegue de la Idea Absoluta, y otras banales salvaciones propias de gente corta y enfermos de pulmón.

Lo cierto es que por debajo del enfrentamiento teórico nadaban los escualos de la voluntad de dominación, y que en definitiva lo que yo defendía era la supremacía (y por lo tanto la racionalidad) del más fuerte DESDE UNA VISIÓN ESTATAL, en tanto que ella defendía la supremacía del más débil desde el punto de vista DE LA ETERNIDAD. No se figuran ustedes lo irritante que resulta defender la racionalidad del poder y lo legítimo de sus destrucciones cuando se tiene delante a alguien que esgrime continuamente casos concretos e individualizados de esa destrucción, y los esgrime como si fueran auténticos santos. Durante meses escuché baladas pastoriles sobre Kierkegaard o Spinoza, como si se tratara de lo más grandioso de la humanidad, en tanto que Kummer o Frege aparecían como cretinos.

Todavía era peor cuando, en el enfrentamiento, mi admiración por la técnica agrícola china, por el ingenioso invento de la lanzadera o por los deslumbrantes cálculos de navegación griegos, se oponía a sus cuadritos al óleo, poemitas y cuartetos de viento, como si la ornamentación de los poderosos pudiera competir con los instrumentos que les dieron el poder. En una excitada discusión, defendiendo yo la estrategia militar de Pfuhl, observé que Susana quedaba en suspenso largo rato, como meditando un movimiento definitivo. Estaba lívida, concentrada, le temblaban las comisuras de la boca. Cuando rompió a hablar su expresión tenía la amargura del llanto y del imperativo: «De manera que la guerra es la gran matriz del perfeccionamiento, ¿no?» Adiviné la nota de amenaza y fui al trapo. «Naturalmente. Eso es lo que opinamos tu Hegel, tu Dante, tu Homero y yo.» Había comenzado el trueque de funciones.

Lo noté de la misma manera que se sienten los primeros indicios de vejez en pequeños detalles casi insignificantes; una escalera demasiado larga, una resaca demasiado intensa, una indiferencia injustificable. Era pura sensación física. Se me había inoculado su espíritu y yo era, en realidad, ella. Por supuesto que a Susana le estaba sucediendo lo mismo, de modo que ahora ella veía el aspecto aborrecible de Homero, Dante o Hegel, como funcionarios pagados para disfrazar grotesccamente el horror; yo en cambio comenzaba a vislumbrar el lado tercamente glorioso de los hombres, los cuales, incluso en justificación de sus acciones más abyectas, son capaces de edificar monumentos de perdón, comprensión y esperanza.

Súbitamente descubrí la Imaginación. Se me apareció como un inmenso ámbito de luz que conformaba figuras y se ampliaba según se avanzaba por él, iluminando paisajes nacidos del deseo y construidos según la ley de la razón divina, la cual, sin embargo, nunca superaba el límite que los humanos se ponen a sí mismos. A su lado el Entendimiento se asemejaba a un ordenanza ministerial obsesionado con sus tampones de «entrada» y «salida», ufano de su poder porque todo pasaba por sus manos —es decir, por la portería— e incapaz de comprender que nada de lo que veía era obra suya, sino de otros situados a mayor altura y por lo tanto con una visión más amplia. Por eso, me decía yo, toda la historia de la ciencia es la historia de un continuado error substituido por otro nuevo, en tanto que la filosofía es una conversación ininterrumpida de la Razón consigo misma, en la que no cabe el error, sino el eterno juego de ponerse límite y definirse con el fin de responder a una pregunta que no puede responderse: «¿Hasta dónde puedo llegar YO SOLO?»

Por desgracia, en aquel mismo momento Susana estaba concibiendo la filosofía como la historia de una servidumbre, en la cual los secretarios y subsecretarios del poder y de la voluntad de dominio justifican las acciones de sus amos, entretenidos con fantasías de perfección y armonía que sólo existen en sus lecciones universitarias. De modo que entramos como dos caballos desbocados en la recta final de la felicidad amorosa, aquella en la que ambos dicen sucesivamente: «No era eso lo que defendías hace tiempo» y también «¿Pero no eras tú quien decía...?» Que se resumen en las inevitables: «¡Cómo has cambiado!», o lo que es igual: «¡Cómo me he dejado engañar!»

A partir de ese estadio la investigación amorosa es una forma de pasado y sólo el tiempo pretérito parece tiempo presente. En los buenos momentos ambos dicen: «¿Te acuerdas de cuando...?», y en los malos ambos dicen también: «Ya no tenemos nada más que decirnos.»

Ahora la solución siempre se presenta como algo AJENO; él conoce a otra chica, ella acepta un trabajo en Londres. Ambos creen que una fuerza externa les ofrece una salida al horror de descubrirse tal cual eran antes de cambiar a lo que ahora son; pero no es cierto; todavía no hay nada ALLÍ FUERA. Es su propio horror lo que les va a hacer arrancarse el uno del otro; caer cada uno por su lado fuera del otro. En mi caso la excusa venida de fuera llegó bajo la forma del servicio militar. Podría haber sido cualquier otra. La investigación había terminado.

No voy a explicar ahora mi experiencia de soldado, aun cuando es otro tema eterno que no debe ser nunca menospreciado por mucho que lo hayamos oído y leído cientos de veces. Es, además, otro de los múltiples inventos de la felicidad (la felicidad guerrera) que substituye con ventaja a las funciones de la religión, de la política o del sexo como simulaciones de sentido y significado. Sin embargo, el motivo para apartar de este relato la investigación estrictamente militar de la felicidad, es que se trata de un aspecto secundario y SUBORDINADO al que me va a ocupar inmediatamente. Digamos, por afán de resumir, que la organización castrense y el servicio militar son efectos de la herencia platónica —de costosísimas consecuencias— y de la irresistible sugestión que ejerce y ha ejercido el diálogo conocido con el nombre de *República*, o también *Ciudad Ideal*, sobre los políticos y los que emprenden la carrera militar, los cuales, no pudiendo realizar esa excelente sociedad en la vida común y corriente, la realizan a escala reducida en un medio administrativo severamente jerarquizado, como en un laboratorio. Esa Ciudad Ideal de hombres jóvenes separados de todo contacto sexual femenino, ordenados en castas puras y sin mediaciones, regidos por la más ideal de las representaciones (La Patria; o también, La Madre), ocupa un tiempo vacío con una tarea inexistente, sin la menor finalidad práctica, y a un precio ruinoso. El servicio militar es una obra de arte que simboliza ingenuamente la impotencia de políticos y militares modernos, incapaces de asumir que YA NO SON ni políticos ni militares, sino gerentes y ecónomos, sin la menor necesidad de tener ideas, pero con la esclavitud de un ideal.

Como ya he dicho, en el momento de incorporarme a filas, Susana y yo habíamos permutado nuestras funciones, siendo ahora la mía una defensa radical de la Teoría, y la de ella una fiebre científica de inspiración materialista que no podía desembocar más que en la militancia sindical. Y así fue; Susana se afilió al Partido del Trabajo y yo me matriculé en Filosofía pocas semanas antes de partir hacia San Clemente, campamento situado en la parte de Gerona.

Dado que ya había comenzado el estudio de algunas obras de cierto interés especulativo —las *Meditaciones* de Descartes, la *Crítica del Juicio* de Kant, el *Tratado Teológico-político* de Spinoza—, recibí la mili con auténtico alborozo; iba a instalarme fuera de la duración y el espacio cotidianos durante tres meses, en una microsociedad perfecta, sin responsabilidades y sometido a actividades pueriles que sólo requerían esfuerzo físico.

El clima de San Clemente, en enero, es suficientemente crudo como para congelar cada año a media docena de reclutas; pero el frío me exaltaba el ánimo. Aquellas horas de la madrugada —las cinco, las seis— con una aurora prácticamente boreal, el cielo poco a poco cebreado de cirros color cinabrio y un silencio ártico entre los cientos de soldados alineados como formulaciones matemáticas, esperando dos, tres horas, la llegada del capitán sin mover un músculo, agarrando el Cetme como si fuera un carámbano, son de las horas más ACTIVAS que he pasado en mi vida. La postura de Firmes es la ideal para la filosofía, y si no resulta corriente ello es debido a la comodidad de los hombres, que prefieren pasear meditando o cavilar junto a la estufa. Pero un filósofo riguroso y verdadero se mantiene siempre en postura de Firmes, incluso cuando duerme la siesta.

Durante la instrucción, ejecutando aquellos movimientos mecánicos que no exigen la menor concentración y poseen, en cambio, un delicado sentido del ritmo, yo ascendía en mi interior los sucesivos escalones de la abstracción y me separaba de la efímera y engañosa trivialidad de los sentidos, camino de los círculos dorados de la NECESIDAD. ¿Quién podría decirle al brigada y al cabo primera que lo que tenían ante sí no era un ridículo saltimbanqui trasquilado sino el abismo DE LO QUE SE PUEDE PENSAR, por mucho mosquetón y mucha imaginaria que le endosaran a lo-que-se-puede-pensar? ¿No era yo una simple figura del saber? ¿No estaba yo ocupando el lugar emblemático cuyo desciframiento, cuya traducción, me daría la verdad oculta bajo mi apariencia de recluta?

Fueron tres meses de intensísima actividad intelectual, en el ámbito adecuado para toda auténtica reflexión: el ordenado vacío formal de la muerte, pues es con ella con lo que comienza toda especulación digna de tal nombre. En la eterna ausencia de sentido, antes de la aparición del hombre y después de la desaparición del hombre, antes de la especie y después de la especie, antes de Dios y después de Dios; en el colosal silencio SIN tiempo, allí es donde se instala la semilla del sujeto para pensar lo que está sucediendo, lo que acontece entre dos eternidades SIN SUCESO; y lo que está sucediendo no es otra cosa que la construcción de ese sujeto que pone significado, tal y como SU libertad lo desea. ¿Lo desea inmortal? Pues lo será. ¿Lo prefiere efímero? Pues también. ¿Prefiere vivir en tanto que efímero su inmortalidad? Pues no faltaría más.

¡Ah, la sensación delirante de poseer mi propia muerte como herramienta, como el útil del zapatero y del escultor, capaz de construir el significado de mi carencia, de lo que nos falta o nos sobra, así como a la piel y a la piedra les falta o les sobra una materia fútil que debe ser arrancada! Cumpliendo una imaginaria glacial —el cielo tenía una sorprendente cualidad de TRANSPARENCIA NEGRA— a la puerta de mi barracón, vigilando el descanso de mis compañeros, de aquellos pobres infelices que, como yo antaño, creían en la realidad de sus dolores y sufrimientos, en la existencia de sus familiares y novias, en la presencia histórica de unos círculos financieros y legales que conducían a la sociedad, en aquel instante de exaltación, constaté que mi investigación sobre el contenido de la felicidad había dado un paso gigantesco. Había abandonado la falsa felicidad amorosa, simulación de síntesis de lo propio y lo ajeno, para penetrar en la felicidad filosófica, la que realmente resuelve todas las contradicciones o las mantiene a su gusto.

Agarré con fuerza el Cetme y en el momento de decir «sin novedad, mi alférez», al paso de la inspección, aquella frase de «sin novedad» se me apareció cargada de un sentido distinto al habitual, aureolada de un significado profundo e ignoto que reducía la necesidad de «novedad» a la insustancial vida cotidiana, ansiosa de «novedades» para constituirse como transcurso reconocible, pero vacua y banal si la comparaba con la vida reflexiva, en la que ni hay «novedades» ni tiene por qué haberlas, pues una sola y definitiva «novedad», el sentido de las cosas reveladas en su propio ser de cosas, y un sólo final, la perpetua donación de sentido a las cosas que se revelaban, se unían como los extremos de un anillo que se despliega en magníficas espirales al encuentro de sí mismo.

Allí y entonces abandoné mi disfraz carnal, pero no a la manera de los Santos o los Mártires, que sacrifican su cuerpo para recuperarlo en una Resurrección futura; ni como los Héroes, que ponen su cuerpo al servicio de una política territorial revestida de leyenda; sino como los Sabios, para darle un sentido, como esas estatuas cubiertas de escrituras que los arqueólogos desenterraron en Mesopotamia. Yo ya no era yo, sino todos y cada uno de los hombres nacidos y muertos, nacidos y vivos, por nacer y vivir; en mí se producía el misterio eucarístico REAL, la unidad de los vivos, los muertos y los proyectados, en un instante de significado pleno, riguroso y alborozado. Esa embriaguez del pensamiento, cuando recoge con sus hilos, más finos que los de la araña, la multiplicidad de los signos del mundo, esparcidos en el comienzo por la mano del Gran Sembrador, es de una potencia salvaje, prehistórica.

Yo ahora veía mi propia figura de CENTINELA bajo el cielo de basalto (que yo sabía, sin embargo, cúpula de bronce) como un paisaje del principio del mundo. Yo sostenía un palo o garrote a la entrada de una cueva, cavilando los mismos misterios que hoy, algunos minutos cósmicos más tarde. Sabía muy bien que al pasar los días volvería a caer en lo cotidiano, me dejaría arrastrar de nuevo por la gran FICCIÓN de la vida histórica; pero también sabía que el recuerdo de esta posesión del saber absoluto me ayudaría a combatir los disfraces y mentiras de la apariencia.

Que iba a caer de nuevo en la vida cotidiana, lo sabía. Lo que no sabía era de qué manera. Pronto lo supe.

Estaba por terminar el campamento cuando un radiante día de marzo escuché por la así llamada megafonía que tenía visita. ¿Yo visita? No había sido visitado por nadie en aquellos tres meses, lo cual me parecía de suma educación; habría sufrido un gran bochorno de haber recibido visita de Susana; éramos libres, autónomos, suficientes. A aquellas alturas del servicio era improcedente que alguien tratara de recordarme la vida civil. Llegué a suponer que habría muerto algún familiar próximo y que un alma buena acudía para comunicármelo de palabra. Caminé hacia los barracones de paisanos.

Sólo vi madres, abuelas y algún varón de aspecto rural, que son los únicos que mantienen el respeto hacia los hijos más allá de lo estrictamente necesario. Pero de entre la masa doméstica cargada de embutidos se desprendió un individuo y comenzó a caminar hacia mí. No es que no le conociera; le tenía visto; pero nunca habíamos intercambiado palabra.

Sin embargo, nada más adelantar el pie izquierdo, lo adiviné todo y me quedé mudo, sobrecogido por una cólera huracanada.

Era este un mozo de veintibastantes años que había alcanzado cierta notoriedad en los círculos literarios por haber aparecido, junto a otros secuaces, en una antología poética titulada *Los Doce de la Fama*, apadrinada por un prestigioso crítico catalán. Tanto es el rencor que aún le conservo que prefiero darle el nombre de JUDAS, aunque no tendré inconveniente en confesar su auténtico patronímico a quien me lo pregunte. Los así llamados poetas recogidos en aquella antología eran un puñado de imberbes petulantes, autores de ramplonerías sin fin entre las que brillaba algún relámpago metafórico excepcional, obra de los más acalorados. Exceptuando a dos de ellos, el resto deponía una poesía atildada, confusa, de primera comunión.

Es muy sintomático que en nuestro país sean precisamente los individuos más inofensivos quienes aparezcan bajo el reclamo de la sangre, la revolución, la bomba y el estupro. Estos señoritos, colaboradores inconscientes de la tradición española más megalítica (esa «poesía» de figuritas literarias y fuegos de artificio iberoamericano) se tenían, sin embargo, por unos feroces dinamiteros. Yo había leído un par de cosas de Judas, una de ellas titulada *Contra la boina de Antonio Machado*, perfectamente ignara, y la otra un interminable estertor bautizado como *Septimino para el*

Príncipe Massimo Augusto Raspagneta en su Belvedere de Bisquit, que me provocó una persistente urticaria.

En la actualidad ya nadie los recuerda, pero en aquel momento fueron utilizados por la extrema izquierda contra los funcionarios de Franco, que eran todos o casi todos poetas. En efecto, las alabanzas recibidas por los Doce en revistas de la resistencia como *Linfa, El Dromedario, Pepino* o *La Grafía del Suroeste* así como en panfletos del Partido Comunista, del Partido del Trabajo, de los Comandos Libertarios, de la Liga Roja y de la Alianza Obrera Consciente, hacían rabiar indeciblemente a los lacayos de Franco enquistados en el Consejo de Investigaciones Científicas, la Universidad Complutense, el Sindicato de Transportes y otros centros ocupados por poetas del fascio. Alguno hubo que sufrió apoplejía leyendo los versos de Arnolfo Testero, otro de los Doce, relatando una sodomización a que fue sometido su padre (el viejo Testero había sido presidente de la Cooperativa de Cereales) por parte de un ingeniero militar de Renfe a quien todos identificamos de inmediato. El poema se llamaba «Ataque a posteriori».

Aquella popularidad interesada la tomaron los Doce como el resultado natural de su talento y a tal punto la creyeron justificada que iniciaron una operación de lanzamiento. No había día en que no publicaran sus cogitaciones en *La Solidaridad Nacional* o en *Pueblo*. Los artículos hablaban indefectiblemente de templos llenos de flautas, templarios que tocaban el arpa, arpías que amaban flautistas, y siempre se situaban en lugares remotos, Angkor, Palermo, Gomorra. Otro rasgo pintoresco es que trufaban los versos con citas que disimularan su rotunda vacuidad, pero en el idioma original, con lo que había composiciones, como las de Luis Fernando Cantonal, redactadas en latín, galés, alto alemán y checo, con una burrada de faltas ortográficas, multiplicadas por el desconcierto de los tipógrafos.

Así y todo, los Doce eran envidiados por minúsculas camarillas que conspiraban contra ellos; así la Agrupación de Líricos Alandalusí, el Círculo de Tiza Palenciano, o los llamados Enanitos del Ateneo, gropúsculo pederasta que se consideraba aludido en los poemas satíricos de Testero. De modo que por un lado u otro los Doce habían alcanzado la notoriedad que este país reserva para los ciclistas, las tonadilleras o las esposas de altos cargos.

El aludido era uno de los más conspicuos miembros de la banda por haber aparecido en la televisión anunciando un detergente; todos sabíamos, sin embargo, que con motivo de una enfermedad infantil, las paperas, se le habían desprendido los testículos y que utilizaba una prótesis japonesa para sus breves y ridículas incursiones amorosas. O al menos eso es lo que decían sus mejores amigos. ¡Y que aquel individuo precisamente...! Cuando llegó hasta mí he de reconocer que me hervía la sangre y de haber llevado conmigo el Cetme no sé lo que habría sucedido.

Después de tantos años, creo poder reproducir sus palabras con toda exactitud dado el fulminante efecto que tuvieron sobre el futuro de mis investigaciones. Sólo suprimo de ellas las frecuentes vacilaciones, los carraspeos, las toses nerviosas y el violento agitar de manos y brazos que las acompañaron. Durante su parlamento Judas mantuvo los ojos clavados en el suelo y sólo al finalizar, cuando nos levantamos del tronco aserrado que nos servía de banco, pude verle los ojos, grises y rasgados como los de un ofidio.

«Querido amigo —dijo—, no nos conocemos apenas, aunque yo recuerdo haberte visto alguna vez en casa de Vicente Malvinas Crunch (era éste un secuaz de la banda de los Doce en cuya casa se celebraban seminarios sobre canción napolitana a los que yo acudía por acompañar a Susana y por ver al célebre castratto Carotenutto) y creo que en una ocasión te oí hablar de la Tabla de los Elementos. Así que no me resulta fácil, de una parte defender la escrupulosa honestidad de mi conducta, y de otra no dirigir una oscura acusación de inmoralidad a quien, de hecho, es en este momento la persona más importante de mi vida y de mi obra. Observarás que he dicho "de mi obra" porque he comenzado a escribir ya un poema sobre ELLA, en el que la muestro tal cual es: el Doctor Mengele, el Angel de la Muerte, cuya inocencia condena al suicidio voluntario a todos cuantos la conocen. Mi intención es darle un tratamiento a la manera de Perceval Derretide, es decir, prestando gran atención al nivel fónico, y ninguna a la sintaxis. De hecho no me interesa el nivel significativo, sino el nivel de SIGNIFICONCIA, o "sentido del significante loco", aunque controlado. Desde el título mismo, *A Nasus*, con sus connotaciones latinas y el efecto de relación con la impotencia de Gogol (nasus-pene), ya se advierte que es una DEDICATORIA, es decir, una dedi (del dedo o de los dedos; de la digitalidad) ca(s)toria (en la casa —ca— de la historia —storia—, donde la "s" ha sido forcluída para ocultar un siseo, o sea *la langue* dividida); o lo que es igual, "acaricio con el dedo la mansión del tiempo significativo", que es el primer verso. Pero *A Nasus* se convierte, en la segunda parte, en *¡Sus, Ana!* que es como decir *¡Al ataque, muchacha!*, pues ésa es la función que ella desempeña en este análisis o susanálisis, o sea, el de atacar para desatascar, batallar para desbastillar, afilar el hacha de la lucha contra el filo beante de la hucha —de la acumulación anal o susanal— con el fin de alcanzar la libación de la lib(era)ción, cuyo trago embriaga sólo cuando no es "era" sino "ahora" en tanto que lib(aho)ración, o rezo que se alza hacia el último verso, tomado del filósofo y psicoanalista Jean François Pètard, JEANNE SUIS KHUN KONG, "no soy más que un gilipollas", pero en el sentido técnico de "gilipollas". El poema, sin embargo, por expreso deseo suyo, va encabezado con el lema "para el número primo", aludiendo ambiguamente a que tú fuiste su iniciador y a ciertos aspectos de tu inteligencia. Dado que me ha sido concedida la Beca del Ministerio de Cultura para escribir un estudio sobre el concepto de "higo" en el psicoanálisis de Max Patán, para lo cual tendremos que trasladarnos a París, me ha encargado que te pida tu firma en este cheque del Banco Central.»

Estaba en blanco, pero yo también, así que lo firmé sin que me temblara la mano. Luego nos levantamos y pude verle los ojos, como ya he dicho; sensación repugnante que todavía regresa de entre los muertos algunas noches, cuando caigo rendido ante el televisor, mi único amigo actual. No nos dimos la mano, pero aún tuvo tiempo de pedirme prestados los pijamas y, es cierto, yo no los necesitaba. Observé cómo se iba haciendo pequeñito hasta desaparecer junto a madres, abuelas, novias; la noche era muy fría y yo no tenía tabaco.

Al día siguiente me maté. Dicho así parece algo irreparable, pero no lo es tanto. Como ya he relatado, yo había superado la creencia en mi individualidad, elevándome al ámbito del pensamiento que se piensa a sí mismo. Lógico era que suprimiese la última atadura que mantenía con MI MENTIRA, es decir, el deseo irracional de conservar la vida del cuerpo cuando ya es innecesaria. Demostrarle a mi cuerpo que yo no estaba dispuesto a conducirlo en cualquier circunstancia, sino sólo en aquellas condiciones que a mí me satisficieran, era una necesidad perentoria para la investigación del contenido de la felicidad. Únicamente, repito, únicamente en el caso de que yo fuera libre para seguir con vida cuando me diera la gana, y de morirme si así lo deseaba, únicamente en ese caso podía considerarme DUEÑO de la investigación. Mantener la vida a toda costa es algo propio de ESCLAVOS, los cuales tienen un Amo fuera de sí, cuyo nombre es «instinto» y también «conservación» y también «instinto DE conservación», pero cuyo verdadero nombre es VOLUNTAD DE SUMISIÓN.

En mi estado de entonces, vacío de la felicidad amorosa y en plena superación de la felicidad filosófica, no podía permitir que por culpa de mi cuerpo sufriera distracciones imbéciles del tipo «tengo hambre», o «vaya, qué color tan bonito», o incluso «me duele una muela»; estas banalidades tiraban de mi reflexión hacia un lugar insignificante, tratando de impedir que llegara a conclusiones MUY IMPORTANTES. Así por ejemplo, aquella noche, cuando estaba a punto de comprender la razón por la que el puro pensamiento siempre termina por estrellarse contra el misterio insondable de QUE SE HABLE, de que incluso las formalizaciones matemáticas y lógicas utilicen metáforas poco rigurosas como «relación» o «identidad», me quedé absurdamente dormido.

Yo deseaba juntar en un punto imaginario, infinitamente distante, el sentido de «identidad», como relación de la relación misma, como falso nombre de lo que simplemente Es, con la muerte de esa identidad, a la cual sólo nos aproximamos en nuestra propia muerte, es decir, demasiado tarde, con lo que finalmente toda la operación queda en manos del tiempo entendido como proyección de pasado, presente y futuro, o lo que es igual, en un tribunal cuyo juez nunca puede ser él mismo, de manera que la identidad tendría su fundamento fuera de sí. Pero ¿qué instancia no idéntica a sí misma podía obligar a una identidad forzosa? En ese preciso momento me dormí.

No soñé, pero tuve una revelación. Era la revelación correspondiente a la superación de la niña decapitada y el Cristo de Holbein, y correspondía a mi actual momento investigador. La aurora penetró en mi sueño antes de que sonara el toque de diana. Era una luz carnal y femenina; susurraba junto al colosal oído de la noche esta frase célebre: «rosados dedos, rosados dedos»; tales dedos —restos de la abominable digitalidad de Judas— me rozaban la frente y transformaban mi cráneo en una caja de cristal en cuyo interior me encontraba yo mismo, en forma de mosca, buscando una salida. Pero no podía encontrarla. Chocaba contra el cristal invisible y me decía: «Estás preso en los límites de tu pensamiento.» Fuera del cráneo de cristal, entre los jirones de niebla rosácea, iba tomando cuerpo el anuncio de La Voz de su Amo; pero el perro no era un perro, sino el filósofo vienés Ludwig Wittgenstein, el cual giraba la cabeza hacia mí y movía los labios mudos de modo que yo pudiera leer en ellos la siguiente frase: «Basta con prestar atención», y señalaba la embocadura del gramófono. De pronto, de la trompa surgía un estridente sonido de tal agudeza que el cráneo de cristal se hacía añicos y Wittgenstein salía aullando lastimeramente, con el rabo entre las piernas. Era la Dama Cazadora, la esquelética portadora de guadaña, la Diana cazadora de ultratumba. El toque de Diana, para los vivos.

Formé junto a mis compañeros. Esperé las tres horas de rigor bajo el cielo de marzo, color ciruela con cabellos dorados flotando entre pedazos de hielo. Hice instrucción poniendo gran empeño. Comí la ración de legumbres, salchichas con patatas y naranja; le pedí la suya a un compañero. Bebí un agua deliciosa. Descansé, junto a mis camaradas, bajo los pinos raquíticos y entre matas de brezo cuyas ramas retenían sucias bolsas de plástico mecidas como banderas por la tramontana. Las hormigas, ese remedo, se acercaban, tanteaban, subían por la ropa, superaban el obstáculo, y seguían su camino. Una lagartija abría y cerraba los ojos chupando el primer sol de primavera como un sacerdote del fuego en alguna arcaica cultura oriental. Luego nos llamaron para recoger el equipo de las prácticas de tiro.

En el campo, frente a las dianas (¡otra vez!), mientras esperaba turno detrás de la primera línea de fuego, el olor de la pólvora, tan dulce, acabó de decidirme. Monté el arma. Apoyé la culata en tierra y comprobé que, inclinado sobre el cañón, mi mano derecha alcanzaba el gatillo. ¿Dónde queda el orificio de salida? Entre el cuello y la clavícula. Lo último que pensé fue «bien, por ahí pasa la aorta». Ni siquiera en eso acerté.

Pero, cuidado, si no me maté fue porque

NO ERA NECESARIO. Según me han explicado, tendría que haber puesto la cabeza en línea con el cañón, porque al tenerla inclinada para mirar el gatillo, el disparo se me llevó una oreja y nada más. Parece ser que el proyectil, cuya capacidad destructiva es considerable, no hizo más que rozar el pabellón; pero bastó esa caricia para arrancar de cuajo la oreja. Yo de todo eso me enteré más tarde, porque el tremendo dolor me derrumbó desvanecido en tierra.

Volví a la vida en el Hospital Militar de Barcelona y cuando abrí los ojos no había nadie. Sólo tres enfermos, aparte de mí, ocupaban la inmensa sala de luz grisácea y espeso olor a formol. Estaba vivo, no me cabía la menor duda, pero también estaba muerto porque la decisión de quitarme la vida formaba ahora parte de mí y yo era AHORA un hombre libre que sólo acepta vivir bajo sus propias condiciones. Así que tomé mi renacimiento con naturalidad, seguro de no haber cometido un suicidio FRUSTRADO, sino más bien una guerra de liberación VICTORIOSA.

El triunfo sobre la muerte es una de las más intensas sensaciones que se puedan experimentar. Se siente uno embargado por una alegría báquica tan incontenible que las lágrimas son de puro alcohol. Los colores, los olores, el tacto, los ruidos regresan renovados y sin embargo despojados de inocencia. La frase de mi revelación, «basta con prestar atención», rebosaba sentido en aquel minuto de lucidez. El mundo entero que yo había triturado en el interior de mi noche a martillazos de abstracción, regresaba como una bestia caliente y viva, moviendo la cola de estrellas y cometas, para lamerme la herida.

Porque yo estaba herido y, como supe luego, cuando el dolor volvió a ser como un amigo, yo era ahora un INVÁLIDO; había dejado un pedazo de mi cuerpo en las fauces de Diana, simbólicamente. Mi invalidez, sin embargo, era muy liviana; había perdido una oreja y estaba sordo de la otra. Tardé en saberlo porque durante todo el rato YO OÍA SONIDOS EXTRAORDINARIOS, sonidos a los que sólo puedo llamar «cantos de la materia en alabanza de sus formas».

Antes de proseguir quiero dejar un punto bien claro. Sólo aquellos que no mueren después del suicidio son dignos de su acción. El suicidio es el último grado de la investigación acerca del contenido de la felicidad, y está reservado a los más necesitados. Cualquiera que trate de suicidarse creyendo que ya ha llegado a este punto supremo, acabará REALMENTE MUERTO, si se equivoca. Así sucede, desgraciadamente, con muchos jóvenes precipitados que confunden sus caprichos infantiles con una real necesidad de saber. Esos mueren como moscas. Sólo unos pocos son auténticos HÉROES DEL CONOCIMIENTO, y sólo ellos pasan la prueba con vida. Una de las muchas muestras científicas de este aserto es el llamado «caso Werther», muchacho alemán que, tras superar el suicidio, hizo una brillante carrera administrativa bajo el apodo de «Goethe».

Yo, desde luego, había pasado la prueba, y me sentía extraordinariamente orgulloso. Ahora me encontraba en el umbral de la última puerta, pleno de libertad, autónomo, preparado para sumir todas las responsabilidades y en especial la más importante, poner punto final a la investigación. Yo podía hacerlo, pues ahora sabía lo que hay, no después de la muerte, que es algo ajeno a los mortales, sino lo que hay EN la muerte.

Los primeros síntomas de dolor me asaltaron junto a un alférez de sanidad. Estaba a mi lado pero no le había visto entrar; movía los labios pero no le oía. Yo estaba fascinado por algo realmente curioso: sonreía. Se inclinó y debió de gritar porque hasta mí llegaron dos palabras suficientemente claras, aunque insensatas, «suerte» y «cabrón». Días más tarde recompuse la historia por medio de mensajes escritos, medias palabras berreadas junto a la oreja superviviente, y adivinaciones personales.

Oficialmente mi caso había sido SIN LUGAR A DUDAS un accidente. Iban a injertarme una oreja algo distinta pero muy bonita, y me regalaban un Sonotone para la otra. Desde luego, la mili había concluido.

Permanecí en el Hospital cosa de un mes, a causa de una infección del primer injerto; y me alegro, porque era un miembro lombrosiano, con un lóbulo enorme, colgante como un badajo. El segundo fue un éxito, y el Sonotone me permitía escuchar a mis semejantes con una calidad metálica y desolada de extraordinario interés, ya que lo esencial de mis próximas tareas era la inocencia perdida, el olvido de la etapa infantil del conocimiento, y la penetración en el ámbito adulto, severo, PELIGROSÍSIMO, de ese saber último al que llamamos ARTE.

No oculto que en este último y definitivo descubrimiento influyó con fuerza mi aspecto ante el espejo. Pasé horas mirándome, dándome la bienvenida, lamiendo con la mirada mis propios rasgos, como si fuera una reencarnación de Pedrito, y celebrando mediante estruendosas carcajadas el TREMENDO PARECIDO que observaba con el científico holandés Vincent Van Gogh, el sabio que llegó hasta el trémolo vivir de las cosas a la luz del mundo, por medio del dolor, la desdicha y la investigación del contenido de la felicidad. ¡Ah, querido ancestro, le decía, qué grandísimo destino, el del peregrino en tierra sagrada!

Para justificar este último y definitivo paso en la investigación acerca del contenido de la felicidad, no tengo más remedio que remontarme al comienzo. Por una frecuente broma del Destino, todo final se asemeja extraordinariamente al principio. En nuestro caso, el Arte es una recuperación de la Infancia, es decir, de la Religión, pero tras la iniciación a la muerte. No hay posibilidad alguna de arte verdadero sin haber muerto. Recuérdese que el más grande artista de todos los tiempos, o, en todo caso, el segundo más grande artista de todos los tiempos, se enterró vivo a los treinta y pico de años, para recuperar el tiempo perdido. Y que lo mismo hizo el segundo más tarde artista de todos los tiempos, o quizás el más grande artista de todos los tiempos, por las buenas, encerrado en una buhardilla a partir de los treinta y pico disimulado bajo el disfraz de Scardanelli. En ambos casos, tanto si era para recuperar el tiempo perdido, como si era para contar con los dedos los acentos del

Himno a la memoria, o a la memoria de Mnemosyne, el enterramiento era parte substancial de la obra, porque SÓLO DESDE LA VISIÓN DEL MUERTO PUEDE RECORDARSE EL MUNDO VERDADERO.

Cuando digo «el mundo verdadero» quiero decir el que ES, en el presente presente, pero sólo se hace visible, sólo es evidente, a la memoria o como memoria. Es el mundo aquí y ahora, pero DEBEMOS VERLO COMO PASADO, porque debemos verlo COMO SI YA HUBIÉRAMOS PASADO.

No erraba aquel otro grandísimo científico y quizás el tercero o cuarto más grande artista de todos los tiempos cuando decía que «cualquiera tiempo pasado fue mejor», pero por la simple razón inversa de que «cualquiera tiempo mejor siempre es pasado», o «aparece como pasado», porque en realidad su formulación en prosa —y por lo tanto menos exacta— sería: «para sentir mejor cualquiera tiempo presente, debemos mirarlo como si no formáramos parte de él.»

Es exclusivamente nuestra propia DESAPARICIÓN la que garantiza la APARICIÓN del mundo en tanto que MEJOR. Así, por ejemplo, sorbemos un té con limón en los jardines de la casa Lendbach, bajo un sol de agosto, y estamos esparcidos en un infinito conjunto de signos sin sentido, como le sucediera el redactor de la célebre epístola moral a Lord Chandoss. Ese conjunto disperso de signos carece de unidad precisamente porque están sólo unidos en nuestro cuerpo. Soy inevitablemente yo el que bebe, toma el sol y se admira del agua y los cipreses. Pero «yo» no puede dar sentido a esa nube de sensaciones y juicios. Ahora bien, bastaría con que «yo» estuviera muerto para que todo tuviera sentido. La escena quedaría rodeada por una aureola de profundo misterio y los fenómenos naturales, los objetos, compondrían una frase llena de sabiduría.

Así pues existe un método científico que me permite asistir a mis propias experiencias en tanto que muerto: el de la rememoración DE LO QUE TODAVÍA NO HA SUCEDIDO. Si observo el mundo como si se tratara del recuerdo de un muerto, entonces no hay dispersión, nada es insignificante. Pero ese esfuerzo es, esencialmente, un esfuerzo CONTRA mí mismo; es el terrible trabajo artístico de la muerte en vida, del enterramiento, de la perspectiva del mundo de los vivos como un mundo de sombras al que sólo acceden los más grandes artistas de todos los tiempos.

Todos los más grandes artistas del mundo se han matado antes de comenzar a representar el mundo verdadero. Incluso el asombroso músico más joven del universo había logrado morir ya a la tempranísima edad de ocho o nueve años, como podrá comprobar cualquiera que repase la sinfonía K.19 en la que las frases de abandono, desnudamiento y aniquilación no engañan a nadie.

Ahora, supongo yo, se comprende en todo

su alcance la frase de la revelación, «basta con prestar atención», es decir «sólo se requiere estar tan atento a la cosa que UNO MISMO ES LA COSA», eso sí, dejando de ser, automáticamente, uno mismo. A esto, los antiguos le llamaban la *remeatio*, si no recuerdo mal. El músico que busca encarnizadamente un acorde en el silencio real del mundo; el escritor que construye su frase; el pintor que mira contra la luz; el arquitecto que mueve masas enormes e inertes; el camarero que circula entre las mesas con su bandeja repleta, sin derramar una gota, balanceándose airosamente; son todos ellos muertos hechos sonido, palabra, pigmento, masa y movimiento. Sólo olvidados totalmente de sí mismos pueden RECORDAR las cosas en su sentido absoluto. Así HABLAN las viejas botas de Van Gogh, cuando éste las ve desde la tumba, como un emblema instantáneo de la historia universal.

Por esta razón el gran artista es un muerto y posee el punto de vista de la eternidad, para lo cual debe necesariamente conocer el contenido de la muerte y tenerlo presente COMO MATERIA PRIMA y también como PRESENTE. Sólo de ese modo se puede «prestar atención» y confundirse con el objeto al que es preciso DAR un sentido que el objeto YA TIENE.

¿Y acaso no es esto una recuperación de la infancia? ¿No es el niño lo más parecido a un muerto por su vaciedad, pasividad e insignificancia? El artista es también un niño, pero un niño que ha aceptado morir y conoce las consecuencias de su aceptación. Así como el niño ve las cosas en ellas mismas, sin el desmoronamiento que imponen los usos o funciones de las cosas, y una pinza de ropa puede ser un automóvil, un soldado o un caimán, pues no depende de su función real sino de su función estructural, así también el artista ve las cosas en sí mismas porque en tanto que muerto NO PUEDE APROVECHARLAS, no puede hacer uso de ellas, tan sólo puede CONTEMPLARLAS.

Y ahora voy a decir por qué esto es verdadera religión y que sólo hay verdadera religión cuando hay arte verdadero, y sólo hay arte verdadero cuando hay verdadera religión. Muchas son las religiones, pero cada uno de nosotros tiene la suya. Comprendemos y no comprendemos las religiones ajenas, pero las comprendemos y no las comprendemos desde la nuestra, de la cual no podemos salirnos, así como no podemos escapar a nuestro lenguaje. Mi religión, de la que no puedo escapar, es la cristiana, que es la unidad de sentido de lo que los historiadores llaman «cultura occidental». Es una religión fundamentalmente INTELIGENTE, y con unos cuantos siglos de predominio planetario. Si debiéramos resumirla en una sentencia sencilla, pues las grandes cosas son las que pueden resumirse de ese modo, diríamos que la religión cristiana es aquella que TRATA o INTENTA, aunque puede que no lo consiga casi nunca —pero tampoco NUNCA—, dar sentido a la vida de los hombres mediante una simplísima operación mental: «amar a sus enemigos». Esto es lo más sencillo y lo más esencial del cristianismo. Tratar de dar sentido a la vida SUPONIENDO que a los enemigos se les puede amar.

Como es evidente, a los enemigos no hay quien los ame; a los enemigos se les combate y se les destruye, entre gente bien nacida. Para eso son enemigos. Si hubiera algún modo de amarlos, ya no serían enemigos. Y, sin embargo, Cristo lo dijo bien claro: enemigos, sí; pero amados, también. A diferencia de casi todas las religiones QUE NO SON INTELIGENTES, el cristianismo elige con exquisito tacto a un enemigo al que poder amar. El cristianismo no es indiferente a la calidad del enemigo, ya que su opción es someterlo al amor.

Pues bien, esta insensatcz imposiblc dc vivir en vida, puede vivirse en la muerte, y de hecho así es como se vive y el único modo de vivirla. Aportemos, como hemos venido haciendo, pruebas científicas. ¿Qué es sino amor a los enemigos toda la producción artística de Occidente? ¿Qué es el Quijote, qué es esa inmortalización de seres abyectos como el cura y el barbero, vistos con la ternura y la atención de un muerto QUE NO PUEDE PRESCINDIR DE ELLOS, aunque se cuide mucho de caer en sus manos en tanto que vivo? ¿No está en el mismo caso el vesánico analfabeto llamado Fernando VII cuando lo mira Goya como un muerto? ¿Pueden representarse con mayor dignidad Pilatos, Goliath, Herodes, que en la pintura del barroco italiano? ¿No son justamente los criminales, los canallas, los energúmenos quienes más atención reciben y más atinadamente nos conmueven en los relatos de Faulkner o Dostoievski, no vemos en ellos SU NECESIDAD? ¿Han oído cómo canta aquel odioso chulo español, Don Giovanni? ¿No son los usureros, los políticos corruptos, los financieros explotadores, los aristócratas degenerados, lo más vivo, emocionante y humano de la Comedia Humana, del Tiempo Perdido, del Rojo y el Negro? ¿No quedamos pasmados al oír los parlamentos de un asesino y una asesina, la familia Macbeth? ¿No es, en fin, la representación artística occidental un gigantesco conjunto de ENEMIGOS ALTAMENTE ESTIMADOS?

Desde el infierno de Dante y de Miguel Angel, desde el gabinete de Fausto, una voz unísona dice que sí. Y esa voz nos agradece a los cristianos que hayamos construido un asilo para el Mal, que hayamos visto su necesidad, expulsado como está de tantos otros lugares en los que sólo cabe el Bien; lugares infantiles que todavía no han aceptado el punto de vista del muerto, para quien su propia y MALVADA situación es condición y fuente de vida significativa.

Así, como síntesis de infancia, religión, sexo, amor y muerte, se me presentaba el arte occidental, último tramo de la investigación sobre el contenido de la felicidad. Pero, atención, ¿la felicidad del muerto? ¿y en qué consiste la felicidad del muerto?

Yo tenía una tarea, a mi regreso a la sociedad civil: la de dar orden y sentido a mi experiencia de modo que pudiera ser la experiencia de todo el mundo, aquélla en la que todo el mundo se reconociera y dijera al unísono, sí, la vida de los hombres es de esta manera que aquí vemos. Iba pues a investigar el contenido de la felicidad artística o creativa COMO CULMINACIÓN DE LA FILOSOFÍA, y para ello debía olvidarme definitivamente de mí, y enajenarme, volverme loco, que era la gran ilusión de Dostoievski a mi edad, como se puede leer en su correspondencia («He concebido un proyecto magnífico: volverme loco.»). ¿No era ésta, además, la mejor consecuencia de mi conocimiento de los Doce de la Fama, uno de cuyos más representativos miembros había sido el catalizador de mi resolución? Si en el FINAL Y HORIZONTE de la reflexión filosófica, en la línea de lo que es y de lo que no es, había aparecido un renacimiento del mundo y la necesidad de que todo volviera a estar ANTE LOS OJOS, en lugar de ocultarse tras el paradójico velo de cristal del pensamiento, ¿no era lo más sensato abominar de todo lazo afectuoso, pedagógico, político, filosófico y concentrar mis fuerzas en una gran realización artística planetaria?

El azar, esa bendición que sólo acude en nuestra ayuda cuando no la necesitamos, fue lo que complicó las cosas. Estaba yo sin dinero, casi sordo y muy aislado del acontecer mundano después de cuatro meses especulativo-castrenses. Pasé los primeros días de mi rehabilitación en casa de un pariente, hombre huraño que gastaba un desprecio episcopal hacia la familia y hacia la humanidad en general por creer que sólo él en el mundo era una persona SENSATA —aunque estaba perfectamente desequilibrado—, quien me recogió por puro rencor hacia nuestros parientes. Me hizo una extrañísima interpretación de los hechos —siempre las hacía— en cuya conclusión todo quedaba reducido a una humillación trágica (la de mi tío) perfectamente calculada por Victoria, quien se había servido de mí sin piedad. Soltó una breve carcajada de placer al comprobar que todos los individuos de su historia eran inferiores a él y me conminó a encontrar trabajo y alojamiento antes de una semana.

Mi tío humillado y suicida, yo tonto útil, Victoria una sádica con tendencias criminales, ése era el punto de vista de aquel hombre débil e inseguro, cuyo pavor a hacer el rídiculo le tenía paralizado y sólo se aliviaba mediante el rebajamiento absoluto del prójimo. No era mal comienzo para mi investigación artística, así que compré un cuaderno muy gordo, un bolígrafo Bic, y comencé aquella misma tarde mi gran tratado de las pasiones humanas, ambientado en Kiev.

También busqué trabajo, y lo encontré. Una editorial necesitaba un corrector de pruebas que supiera francés e inglés; una vez más esa ventaja ridícula iba a permitirme sobrevivir. Conseguí el empleo en la editorial Barras y Estrellas, firma dirigida por un prestigioso OPOSITOR al régimen, Pepe Barras, cerebro de la actividad cultural antifranquista. Era un hombre cordial, amable, sonriente, barbudo, sin ninguno de los rasgos típicos de la patronal española, que es una patronal de labriegos muy afectados por sus orígenes.

Pepe Barras dirigía la editorial con verdadero placer; él era escritor y tenía una estima grande por sus colegas. De otra parte, su talento social era muy apreciado en los círculos intelectuales y la dignidad moral de su tarea la había reconocido toda Europa. Él mismo, en persona, se encargó de examinarme con vistas al empleo. Me recibió hablando francés, a lo que respondí en el mismo idioma, y tras veinte minutos de animada conversación, cuando creí que iba a pasar al inglés, dijo con cierta irritación —pero era una irritación fingida, Barras era un hombre demasiado perezoso para irritarse de verdad— lo poco interesante que le parecía el mundo anglosajón y lo estúpido que era ese idioma; desde luego él jamás en la vida perdería un minuto tratando de aprenderlo, ¿para qué?, ¿para leer a ese imbécil de Shakespeare? Ni hablar. Le parecía muy bien, sin embargo, que yo pudiera leerlo y hablarlo, ya que cada vez se imponían más las agencias norteamericanas («*ces vauriens qui dévorent le Reader's Digest*») y en la editorial se hacía necesario un interlocutor. Estaba contratado. «*Est-ce-que vous écrivez aussi?*», me preguntó, acompañándome a la puerta. Yo me sentía como un personaje de Tolstoi, hablando francés cada vez que había que decir algo ridículo. «*Oui*», respondí, «*je viens de commencer un chef d'oeuvre à la manière d'Andreiev*». Supongo que no me tomó en serio, porque rió a carcajadas, me palmeó la espalda y quedamos tan amigos.

A partir de aquel día, siempre que el aburrimiento le hacía mella o no recibía la visita de su íntimo amigo, el insigne poeta Santiago de Gal, o la del novelista de vanguardia Juan Gorgorito, o la del agudo ensayista José Antonio Picot i Picot, me hacía llamar y pasábamos lista a la literatura mundial. «*Faulkner c'est de la merde, ne trouves-tu pas? Le Delibés d'Illinois.*» Siempre decía Illinois, aunque se tratara de Missouri o de Utah. No sé qué le habían hecho los de Illinois. Aunque Barras era muy poco partidario de leer, recibía las opiniones ajenas con gran alborozo y no les hacía el menor caso. «*François Sagan, ça, mon cher, c'est de l'esprit, du vrai esprit européen. Bien que pas comparable a Louis Aragon. Louis c'est du Corneille en état pur.*» Mis opiniones le traían sin cuidado, así que le seguía la corriente, trabajaba y avanzaba en la redacción de mi gran novela *Almas anónimas*.

Un buen día Pepe Barras decidió pasarme al tribunal de lecturas. Era éste un consejillo de autoridades, encargado de leer los manuscritos y discutir su publicación. Allí conocí a los más grandes talentos de nuestro tiempo. Por lo general me pasaban aquellas novelas que habían recibido un cierto apoyo, pero que eran de dudosa publicación. Se suponía que yo aportaba el toque generacional. Así comenzó mi agonía, pues leía un promedio de diez novelas a la semana, la mayor parte de las cuales eran muy superiores a mi *Almas de asfalto*, nuevo título de *Almas anónimas* para darle un toque urbano. Cada manuscrito me hacía cambiar de presupuestos estilísticos: mi primera versión era en tercera persona, la segunda en primera, la tercera —muy audaz— en segunda, lo que le daba el inconfundible aire de una autobiografía hipócrita y apocada. Me deslicé del realismo objetivo al monólogo interior; luego a ciertas incoherencias que yo creía muy latinoamericanas, palmeras que hablaban, ancianos que vivían mil años y cosas por el estilo; lo corregí todo en clave irónica, distanciada y con frecuentes chistes ocultos, tras el rechazo por parte de Pepe Barras de una maravillosa novela de Nabokov; pasé luego al neobjetivismo radical, describiéndolo todo por medio de lámparas de pie, tresillos y ventiladores, muchos ventiladores; luego lo traduje al surrealismo en clave canaria haciendo que las lámparas fueran Victoria, los tresillos mi tío, y los ventiladores yo mismo. Llegó un momento en que pensé convertirlo en un Oratorio Sacro escrito en alejandrinos y con personajes como El Miércoles de Ceniza y El Cabello de la Magdalena. Estaba desesperado. Había descubierto algo horrible. Es verdad que el arte es el punto culminante de la investigación, pero ÉSTE NO ES TIEMPO PARA EL ARTE. Había llegado tarde.

Vean ustedes que, a diferencia de otras épocas, en la nuestra el así llamado «estilo» es algo esencial PORQUE TODOS LOS ESTILOS SON BUENOS. A nadie preocupaba el estilo en el siglo XIV, pues sólo a un imbécil se le ocurría proponer pirámides egipcias o incluso bóvedas de cañón y arcos de medio punto, cuando todo Europa, como un solo hombre, levantaba catedrales góticas. La cosa estaba clara y no había problemas de estilo. Pero en nuestro siglo se pueden construir ermitas románicas, catedrales góticas, zigurats mesopotámicos y a todo el mundo le parece estupendo porque todo vale, porque TODO DA LO MISMO. Esa peculiaridad —que el estilo sea un problema porque todos los estilos son equivalentes— es, de hecho, un síntoma de que llamamos «arte» a algo que merece otro nombre. Y eso me desazonaba.

No llevaba un año en la editorial cuando Pepe Barras me entregó un manuscrito. Estaba muy excitado: «*Tiens, mon cher, ça c'est du tatin. Enfin le renouveau! Lis-le calmement et en détail, je veux lui décerner le Prix Montefiore. Sois calme parce que c'est pas facile à lire du tout; mais quelle profondeur! Comment il joue avec l'oximoron! Allez, allez, ne perds pas le temps avec ton vieux con de Proust.*» Y dejó sobre mi mesa un manuscrito no muy grueso en cuya cubierta se podía leer, escrito a máquina, *Las erecciones de Jena*.

Leí la primera página. Era muy rara. No aparecía ningún nombre propio, ningún lugar reconocible; el primer párrafo seguía, sin interrupción, en la segunda página, en la tercera, en la cuarta, y concluía, con un punto y seguido, en la quinta. Al llegar a la página veinte aparecía un extraño toponímico, La Carpética. Parece que la acción tiene lugar en una tierra llamada La Carpética, pero como no hay personajes, no es posible saber si el protagonista es la anciana que lleva cincuenta años afilando una hoz, tan desgastada que puede verse a través de la hoja; o si más bien el protagonista es aquella puerta de granero desvencijada que en ocasiones habla como el rey Enrique IV. Por otra parte todo estaba descrito con gran minuciosidad y cuidado, con especial atención hacia los lenguajes técnicos. Un capítulo entero describía, pieza a pieza, una gavilladora.

Al terminar *Las erecciones de Jena* no había entendido nada; muchas páginas las había leído como en trance, o quizás dormido; no recordaba nada. Pero me sentía subyugado. Me sentía fascinado. Me sentía hechizado. «Jamas, jamás lograré escribír así, con esta maestría, aunque no diga nada. Esto es sobrehumano. Esto es extraordinario, aunque no sé lo que es.» La cabeza se me iba, las manos me temblaban. Volví a leer el comienzo, magnífico, radical: «El paseante que, si bien todavía no lo sabe, ni lo sabrá nunca, pero podrá intuirlo en un instante de lucidez cuando, cien años más tarde, hundida ya la casa del bisabuelo...» Cerré el volumen. En la contracubierta figuraba una suscinta noticia del autor. «Nacido en Barcelona en 1944, ha publicado los poemarios *Matarratas*, *El pelo en el ojo de Molotof* y *Fallar en siete ocasiones*; ha sido premio Café de Murcia con su novela *Mamoulian*, pero es sobre todo conocido por su panfleto *Contra la boina de Machado* y el poema épico *Septimino para el príncipe Massi-*

mo Augusto...» No pude seguir leyendo, caí desvanecido sobre el manuscrito. Y es que una cosa es tratar de amar a nuestros enemigos, y otra muy distinta amar a aquel cretino.

Y sin embargo *Las erecciones de Jena* me había entusiasmado mientras no supe a quién pertenecían, mientras fue ANÓNIMA. ¿Y no era eso justamente lo que yo había descubierto en mi última investigación? ¿Que en el arte no hay NADIE REAL detrás de la producción? ¡Sólo un muerto! Sí, eso era verdad. ¿Qué cambiaba si mañana un erudito descubría que los libros de Kafka los había escrito, en realidad, Max Brod para ganar dinero? Bastaba con un muerto, el que fuera. Pero, al mismo tiempo, ¿podía un melón de la categoría de Judas estar detrás de *Las erecciones de Jena*, aun cuando fuera como muerto? ¿Estaba el arte tan alejado del sujeto productor que podía establecerse en el cerebro de una gallina y producir desde allí las obras completas de Flaubert? Esta verdad era sobrecogedora. El gran arte se producía tan espontáneamente como las setas.

Yo ya sabía todo esto (que no puede haber sujeto productor) desde el momento en que había sido revelado como FINAL de la filosofía. Pero sólo al verlo realizado en el autor de *Las erecciones de Jena* pude comprender el alcance de la conclusión. La conclusión es que no merece la pena esforzarse por hacer una obra de arte, pues es ella la que elige EN QUIÉN producirse. Es como la leucemia; al que le toca, le toca. Hombres de clara capacidad intelectual e intachable carácter se han hundido en el descrédito artístico, en tanto que borricos reconocidos se alzan con una obra inmortal. Es, por lo tanto, algo muy semejante a los fenómenos meteorológicos, que tienen lugar allí donde ellos quieren, y no en donde el mérito o la necesidad más los llama. De manera que los afectados están CONDENADOS a producir obras maestras; en tanto que quienes, como yo, dudan y se esfuerzan, son meros IMITADORES y están destinados al fracaso, a menos de que se dediquen a la vida literaria y a ganar dinero, que es lo que hace la mayoría.

Y lo que es aún peor. Incluso suponiendo que yo fuese un elegido del arte y sin darme yo cuenta estuviera produciendo obras maestras, desde el momento en que no es una decisión propia sino VENIDA DE FUERA, es perfectamente inútil para la investigación del contenido de la felicidad, pues estamos, una vez más, en la esclavitud y la sumisión.

Trabajando en la editorial Barras y Estrellas no sólo descubrí la insignificancia del artista, la irrelevancia de su vida, de su inteligencia, de su carácter, de su moral, de su EXISTENCIA, respecto de la obra de arte que se injertaba en él venida de fuera; descubrí también la irrelevancia, la insignificancia de la obra de arte ELLA MISMA. El artista es una creación de otros, pero el arte también. Las mismas personas que soñaban con «artistas» y los inventaban para satisfacer una necesidad, una carencia, una insatisfacción por la vía más fácil, se encargaban también de crear «obras de arte» capaces de justificar la existencia de «artistas».

El socio de Pepe Barras, Oriol Estrellas, era Nacionalista Catalán y deseaba dar un giro al negocio que garantizara su influencia en las futuras estructuras democrático-federativas que se adivinaban tras la muerte del Caudillo. A tal fin propuso la creación de varias colecciones en catalán y la promoción de un Premio Literario. Pepe Barras comprendió sagazmente que para el futuro se le asignaba un papel decorativo; su antifranquismo ya había sido remunerado en vida del general; tras la muerte del dictador, nuevos políticos ocuparían el poder y empujarían a la jubilación a cuantos representaron la resistencia oficial durante el Régimen, que se llamaba.

Es natural. La política es una profesión que no puede dejarse en manos de editores, arquitectos o bailarines. En vida del general los verdaderos políticos se dedicaron a negocios financieros, dejando la resistencia en manos de los pobres, que no tienen nada que perder, y de los aficionados, que es gente de buena fe; pero una vez inaugurada la democracia emergería del fondo de las moquetas un número increíble de políticos profesionales a quienes nadie conocía, pero cuyo aplomo nadie fue capaz de quebrar. Los individuos como Pepe Barras, los huelguistas de hambre azuzados por el episcopado, o las revistas del Gran Corazón como *Cuadernos para el Diálogo*, incluso las verdaderas víctimas, es decir, los pobres, desaparecerían del mapa en cuanto se hicieran necesarios los políticos profesionales. Esto lo adivinaba Pepe Barras, pero no se resignaba.

Se inició una singular competencia entre Barras y Estrellas, en la que cada cual trataba de imponer SU obra maestra. Y por extraño que parezca, AMBOS LO CONSIGUIERON. Oriol Estrellas lo tuvo más fácil, eso es cierto.

Franco había aplastado sin la menor astucia, a su manera borde y primaria, todo cuanto sonara a catalán, vasco y gallego, contando con la colaboración de las clases altas catalanas, vascas y gallegas. Estas mismas clases altas estaban dispuestas a quedarse en usufructo el País Vasco, Cataluña y Galicia, en cuanto desapareciera el Amo. Para lo cual bastaba con DECIR que no habían sido ellos los trituradores del País Vasco, Cataluña y Galicia, sino unos extrañísimos hombres de Madrid (que a su vez eran vascos, catalanes o gallegos), y que ahora ELLOS iban a rehacer el País Vasco, Cataluña y Galicia. Una de las razones por las que las clases altas son altas, es decir, sojuzgan, es porque las clases bajas son bajas, es decir, se someten. El plan funcionó, años más tarde, como un reloj suizo.

Oriol Estrellas, por tanto, no tenía que esforzarse demasiado. Le llovían las novelas, los dramas, los poemas épicos, los tratados, e incluso las enciclopedias. Pepe Barras, en cambio, necesitaba algo NUEVO. Por el lado de Estrellas se abría el vastísimo panorama de crear una tradición; programa sumamente agradecido y muy exaltante de realizar. Por el lado de Barras no había más alternativa que abrir un futuro, que es algo mucho más arriesgado y costosísimo.

Pronto tuvo Estrellas a su hombre, un poeta joven de aspecto viejísimo, dotado de un poderoso sentido musical y de una habilidad mimética prodigiosa. Trabajaba como una hormiga, encerrado en un despacho contiguo al mío, golpeando con los dedos sobre la mesa para contar las sílabas. No bebía, apenas comía (le gustaban los Tigretones), y llegó a dormir más de un mes seguido en el despacho, debajo de la mesa, embutido en un saco de campaña. Yo le veía, por las mañanas, sin afeitar, macilento, los ojos vidriosos, las manos amarillas y lampiñas, levantarse pesadamente cuando entraba Oriol. «*Escolta, que tenim un Eliot?*», preguntaba Oriol. «*No, em sembla que no en tenim. Hi ha el Gabriel Ferrater, però no es pot dir que sigui un Eliot*», contestaba el poeta joven. «*Doncs vull un Eliot per dijous; ja et pots espabilar.*» «*Per dijous? Però si som dimarts!*», replicaba cansadamente el poeta joven. «*Ja ho saps, per dijous. Afanya't, afanya't.*» El jueves, sin falta, el poeta joven había escrito *La plana esquerdissada*, obra premiada con la «Margarida d'Or».

Pero Oriol era insaciable. No bien había conseguido introducir a Eliot en la historia de la literatura catalana, ya quería otra cosa. «*A veure. Tenim un Breton?*» preguntaba. «*Coses semblants sí que n'hi ha. En Foix, el Trabal...*», contestaba escurridizo el poeta joven. «*Ja. Bé. Y Saint John Perse? Que en tenim de Saint John Perse?*» «*No, d'aquest no en tenim. Per dissabte?*», preguntaba con timidez. «*Que dius dissabte! Per divendres!*» Y el poeta joven presentaba el viernes un larguísimo poema titulado *Exodus* que ganaba el «Premi Lluç» de aquel año.

El rotundo éxito del joven poeta, hoy una de las personalidades más interesantes de la literatura mundial, contrastaba con un desesperante vacío en el campo de Barras. Nada le satisfacía, todo le sonaba a *déjà vu*; era la tarea contraria; se trataba de encontrar algo que nadie hubiera escrito jamás, lo cual es una quimera, pero así se rigen las cosas en el arte. Por fin, un mes más tarde de la aparición de *Ultramort*, drama que cubría el hueco «Beckett» en la historia de la literatura catalana, Barras creyó haber dado con lo que buscaba.

Reunió el Consejo de Lectura con gran aparato y nos presentó un mamotreto —no bajaba de los tres mil folios— titulado *Gusanera*. Su autor, Blas de Figa, era farmacéutico en un pueblito de la provincia de Alicante y había dedicado cuarenta años de su vida a tan magna obra. «*L'oeuvre d'une vie, la gloire d'une mort!*», dijo Barras aludiendo a la edad del farmacéutico. «*Pas d'héritiers. Il fait donation de ses droits a son éditeur. Une vraie bicoque!*»

Siguió una discusión con Santiago del Gal, quien negaba que en francés se dijera «bicoque», sino «mérle blanc», a lo que Barras contestaba con etimologías improvisadas (solía hacerlo); «bicoque», decía, es «doble coca», es decir, la cocarda doble que se imponía a los gentilhombres de baja extracción durante el reinado de Luis XIII, y por las cuales no se pagaba casi nada.

Nos llevamos el mamotreto. Lo leímos. Su autor había encabezado el libro con un fragmento famoso «En un lugar de La Mancha de cuyo nombre...» y luego se había dedicado a variar tozudamente sobre el tema buscando chascarrillos como «Enano Gardel, a marchas forzadas noquea de acuerdo...», o bien «¿Qué guardas, Machado, loquero tan cuerdo...?», e incluso «En Lugo mecheros y cuerdas manchadas....» Era la obra de un chiflado, obsesiva y fascinante como todo lo que hacen los locos y los mandriles. Bastaba con leer la primera página para hacerse una idea y enviar un donativo, pero las tres mil páginas producían un efecto contundente.

El Consejo de Lectura se reunió de nuevo una semana más tarde, cuando ya el poeta joven había ganado el «Premi d'Honor de les Lletres», el máximo en su género, con la novela *Buscant un temps que ja no es meu*. La batalla parecía decidida. Incluso en Madrid le habían dado un premio al poeta joven, por si acaso, pues evidentemente, jamás nadie de Madrid ha leído una sola línea en catalán.

Pero Pepe Barras no sólo estaba convencido de ganar la guerra, sino que nos miraba regocijado, como el anfitrión que ha dado a probar un borgoña colosal a sus invitados.

Iba yo a dar mi severa opinión, por ímpetu juvenil, cuando se me adelantó Picot i Picot: «En mi opinión es la elaboración de una verdadera palabra en libertad, el triunfo de la lengua obsedente y lo más grande que se ha escrito desde Gorki. Pepe, te felicito. Pocas veces se ha representado con mayor rigor el carácter enajenante y cosificador del capitalismo en su etapa de decadencia imperial. Aquí la economía de mercado hace mercancía del mismo sistema de la lengua. Las sutiles variaciones de palabra a palabra son como las transacciones financieras que obligan a negar todo valor de uso a los útiles, para elevarlos a una abstracción absoluta. Todo se disuelve en esas metáforas tecnológico-electrónicas en las cuales todo es todo y no hay semantema que se substancie. Es la mostración real de la in-significancia ab-soluta, es decir, absuelta, del verbo, en aquellos súbditos unidimensionales cuya fuerza de trabajo es ahora polivalente. En ese sentido del sin-sentido, De Figa consigue efectos luminosos (¡esa magnífica "con las ingles inglesas has topado Tom Stoppard"!) que me llevan a pensar en este libro como un gran poema sin palabras...» Picot i Picot iba a seguir, pero Pepe Barras le interrumpió. «*Poème sans paroles! Pour la promotion c'est de l'or en barres... Très joli!*» Intervino

Santiago de Gal para negar que en francés se dijera «de l'or en barres», sino «du miel sur papillotes», pero fue acallado por el resto del consejo, cuyos miembros deseaban dar su opinión antes de las cinco, hora en la que comenzaba la retransmisión del partido de fútbol Barcelona-Real Madrid. Todos, sin embargo, estaban entusiasmados. Y entonces llegó mi turno.

Dije que la obra me había parecido una mentecatez. Que para mí la literatura era la construcción de un mundo coherente en el que la incoherencia tenía su propio lugar como tal incoherencia, pero que en un mundo SÓLO incoherente, como el de *Gusanera,* era imposible separar las churras de las merinas, o lo que es igual, que su autor no había tenido la valentía o el sentido común de representar su locura en términos artísticos y se había limitado a darla en crudo. Que ésa era la diferencia entre Kafka y una encíclica vaticana, que el primero desea hacerse entender y la segunda OBLIGA TIRÁNICAMENTE a creer. Que ambos, Kafka y la encíclica, pueden estar igual de desequilibrados y por lo tanto de lúcidos ante el desequilibrio del mundo, pero que el primero trata de hacernos ver la NECESIDAD de su locura, en tanto que el otro se limita a IMPONERLA cómodamente. Y, para terminar, que todas las opiniones expuestas no valían ni un solo verso del autor de *El Blau i el Groc,* «Premi Ciutat d'Olot» días pasados, el cual, por lo menos, tenía oficio, habilidad y sensatez, en tanto que el farmacéutico sólo sabía aplicar un truco mecánico con la monotonía del Océano.

Pepe Barras me miró, sólo en ese momento, consternado. «*Et qu'est ce que vous avez en contre de l'océan, monsieur?*», preguntó. Llevado por la irritación le dije que me aburrían las cosas extensas, poco variadas y con todos sus valores en el FONDO. El editor me miró compungido. Yo había olvidado que Barras se tenía, ante todo, por un viejo lobo de mar. Lo demás eran aficiones secundarias; su verdadera personalidad sólo se percibía a bordo de su velero, *Le Bilboquet;* allí sí era realmente él, él mismo, y no este personaje inventado por la cultura y el antifranquismo. Me miró compungidísimo, pues era hombre de buen corazón. «*Dommage. J'aime la mer plus que la litèrature, mon petit. Je suis né marin* (había nacido en Igualada) *et la mer est ma VRAIE mère. Je ne peux pas collaborer avec quelqu'un qui ne soi pas emu par la maison de Poseidon et Amphitrite. Ayez l'amabilité de décamper sur le champ!*»

Me había despedido. Tres meses más tarde se publicó *Gusanera*. Va en la actualidad por la edición décimoprimera; es una de las obras clásicas del siglo veinte, según todos los tratadistas; multitud de investigadores han presentado tesis doctorales sobre ella; es, indudablemente, una obra maestra del arte literario. Y como el arte, en nuestro siglo, es sobre todo historia del arte, *Gusanera* es, realmente, verdaderamente, la obra maestra del siglo veinte.

Mi investigación había concluido. Y había concluido en el mismo lugar en el que se había iniciado: en la sorpresa. No hay contenido alguno en la felicidad de la representación artística, sino ficción de felicidad en quienes se identifican con esos esclavos llamados «artistas». No la hay tampoco en las obras de arte; objetos variables, prescindibles, cambiantes y efímeros que surgen de la nada y vuelven a ella por el capricho de un puñado de hombres. El deseo de felicidad mantiene presente el mito del artista, como mantiene el mito del guerrero y del santo, incapaz de admitir mito alguno para el funcionario y el gerente. Inventamos artistas y obras de arte como inventamos un amor o como inventamos una historia fantástica (descendientes de Roma y Grecia, herederos de la latinidad) o chulesca (descubridores de América, inventores del paraguas). Cada una de estas BALADRONADAS oculta cuidadosamente un temor, una inseguridad. El miedo es el padre de la «infancia feliz», de la «felicidad amorosa», de la «beatitud filosófica» o de la «creación felicísima». Miedo a la insignificancia, a la idiotez, a la pobreza, a la invalidez, a la humillación, a todas las espantosas IMPOSICIONES de la vida organizada en tanto que infierno, que es la que realmente vivimos.

Los padres destrozan a sus hijos haciéndoles felices; los amantes se destrozan entre sí haciéndose felices; los sabios se mantienen en una rigurosa ignorancia con el fin de hacer felices a los humanos; los poderosos explotan a los débiles para facilitarles la felicidad; y los artistas chapotean en ese delirio obsceno, buscando fragmentos en el mar de sangre, para exhibirlos en el museo con un cartelito que lleve su nombre.

¿Pero por qué? Esta pregunta no tiene respuesta. Sólo sabemos que nuestro significado está hoy escrito en términos históricos y que a la historia sólo pasan los criminales. Miles, millones de hombres y mujeres viven ochenta años sin pena ni gloria, y sin hacer demasiado daño; pero son insignificantes, NO NOS DICEN NADA. Llega, en cambio, un canalla, logra el dinero suficiente para matar a centenares de miles de hombres, y tiene asegurado un lugar SIGNIFICATIVO en la historia de la humanidad.

La ciudad de Florencia es visitada anualmente por millones de turistas que la adoran. Pero esa ciudad es el resultado de la guerra, de la explotación, del crimen y la estafa. Una casa anónima, encalada y pobre, con su maceta de geranios, en el interior de Badajoz, carece de importancia; es anónima, forma parte del miserable bagaje de los PERDEDORES de este mundo. Sólo es histórica y significativa la ciudad construida sobre la sangre. A la historia sólo pasan los canallas. En la basílica de San Pedro muchos hombres y mujeres miraron con placer la nariz de la Virgen de Miguel Angel, pero sólo uno le pegó de martillazos. Este será el que pase a la historia, éste es el significativo porque pone de manifiesto nuestra insignificancia mediante un gesto de loco.

Esta era la conclusión a la que había llegado en mi investigación del contenido de la felicidad. A los hombres sólo nos interesa LO NEGATIVO; nuestra historia, nuestro significado, está construido sobre lo negativo, sobre lo horrible, sobre lo insoportable. Y ÉSE JUSTAMENTE ES EL CONTENIDO DE LA FELICIDAD. Porque aquí no se habla ni del goce ni del placer, sino de la felicidad COMO DESTINO de los hombres. Mundos felices, sociedades felices, humanidad feliz, cultura de la felicidad; éste es el contenido de la guerra, de la explotación, de la estafa, de la destrucción. Estas son las banderas de brillantes colores que preceden a la columna de esclavos camino de su exterminio.

Yo abominaba, al final de mi investigación, del contenido de la felicidad. Yo me consideraba un hombre LIBRE Y DESDICHA-

DO. Y ese estado de libertad y desdicha me parecía el único refugio decente para quien no desea engañarse acerca de su función en el mundo. Como al desgraciado Edipo, los ojos debían servirme para VER HACIA DENTRO, sin dejarme distraer por los entretenimientos externos financiados por astutos truhanes con el fin de robar, torturar y matar, a quienes son tan bobos como para confiar en ellos.

Me quedé ciego. En la cinta sin fin de la memoria brillaban destellos sueltos; saltaban como peces voladores sobre el mar. Hojas de palma tensas que usaba en mis juegos de infancia; lagartijas de aspecto mineral saliendo de entre las piedras agrietadas por el calor; mangas de riego que dibujaban arco iris en miniatura sobre las calles; el confuso entusiasmo de una carga a caballo de los grises en la Complutense; el delirio colectivo ante una bandera negra desplegada nadie sabía por quién en una asamblea de facultad; la unidad del tiempo dirigido hacia esa hora de la tarde en que me encontraría con Susana; la indescriptible finura de sus miembros moviéndose entre las sábanas; la aventura de una Meditación de Descartes que borra de la realidad la totalidad de los objetos como por arte de magia; la sensación de levitar durante el frenético final del tercer concierto para piano de Prokofief; el equilibrio cósmico del castillo de naipes de Chardin; el encuentro del príncipe Bolkonski (agonizante) y Napoleón, tras la batalla de Austerlitz; el chisporroteo del fuego en aquella casa semivacía de Llafranc... todo lo había SUPERADO a lo largo de mi investigación.

Ahora estaba ciego y sordo, pero con la capacidad de asombro intacta. Me encontraba como al comienzo, antes del primer tortazo, enteramente vacío, abierto y sonriente, pero YA NO ERA YO. Aquél que había hecho el recorrido había quedado atrás. En el presente, lo único que me daba unidad era el recuerdo del camino recorrido, pero no el sujeto que lo había recorrido. Me sentía depositario de una experiencia sin sentido ni contenido, pero comprensible en tanto que pasado. Era el depósito de un conjunto infinito de datos singulares que sólo yo poseía, gracias a que yo no era yo, sino el recuerdo de un yo que se había concluido. Me estaba sobreviviendo a mí mismo, pero no podía VOLVERME a matar, porque ya estaba muerto.

Sobrevivía en el hastío perplejo de quien contempla un mundo destruido y ya casi ha olvidado las antiguas construcciones. En la memoria brillaban los instantes y los objetos; pero sólo en la memoria. Una cierta calma, en nada parecida al sosiego, me hacía ver ahora las cosas como en un decorado. Veía los árboles recién brotados, la primera brisa templada de junio, los hombres y mujeres paseando arriba y abajo de las Ramblas, el bullente mercado, el hormiguero de ciudadanos que corrían tras el amor y la gloria, como dice la canción, y creía asistir a una representación dramática ejecutada PARA OTRO. Yo no formaba parte ni de la compañía de actores, ni del público. Yo era una memoria sin dueño.

De entre los dedos se me habían escurrido los instantes; como arena. En el furor de la investigación no había podido escapar a mi propio proyecto. Yo me había construido como EL SUPERADOR, del mismo modo que un usurero se constituye en acumulador. ¿Qué me había impulsado a no dejarme poseer por nada? ¿De qué escapaba cada vez que abandonaba un instante de plenitud, convencido de encontrarme ante una nueva trampa? ¿Acaso no sabía que esa actividad carece de fin? Del mismo modo que nadie es el más rico o el más poderoso, pues siempre hay alguien por encima (o por debajo, esperando el momento en que el rico o el poderoso digan «ya es bastante» para entonces arrebatarles todo lo que tienen con un simple «no, no es bastante»), así tampoco nadie es el más sabio porque la sabiduría es negar la superación y ver en todas las cosas y en todas las personas la inevitable justicia de que existan y estén vivos.

Yo mismo me había expulsado de la vida que me pertenecía. No había querido vivirla, sino reducirla a un puro instante de superación que la anulara. «¡Bah, no vale la pena...!», esto había querido yo decirle a la vida que me correspondía, creyendo engañarla con un gesto despectivo, como el majo que espantado por la fortaleza de su contrincante trata de asustarle con un desplante. ¡Ese había sido el significado de mi falsa sonrisa sempiterna! Toda mi investigación no había sido otra cosa que una estratagema de feriante. Con muy malos resultados, pues mi contrincante, como es natural, lejos de atemorizarse me había vencido sin mover un músculo.

Recordé una escena de mi infancia. Una prima mía, mayor que yo, nos llevó al cine a los más pequeños, la tarde de Navidad. Fue quizás mi primera experiencia del cine en color. Proyectaban *El mundo submarino*, documental de divulgación de un científico francés, lleno de efectos infantiles. Desde las primeras imágenes me sentí poseído por una dolorosa sensación de placer total. Pero el arrebato ante los colores, la fantasía, la monstruosidad incluso de aquel pedazo de mundo INVISIBLE, era excesivo para mis fuerzas. Así que a los cinco minutos comencé a preguntarle a mi prima, con la insistencia de un perturbado, si faltaba mucho para que la cinta terminara. Cada cinco minutos repetía mi pregunta, «¿falta mucho? ¿tú crees que se va a terminar enseguida?», a lo que mi prima contestaba cada vez con mayor impaciencia. Pero ella no comprendía la angustia asfixiante de aquel niño descubriendo, por primera vez en su vida, el placer CONSCIENTE; y su desesperación porque algo tan descomunal estaba SUJETO AL TIEMPO. ¿Cómo podía terminar una cosa así? Una cosa así tenía que ser eterna O NO SER. ¿Cómo podía soportar el niño que alguien descorriera una cortinilla, le mostrara EL MUNDO INVISIBLE, y luego volviera a cerrarla? «Ya tienes bastante», decía el dueño de la cortinilla. Pero yo no tenía bastante.

Nunca más tendría bastante. Yo nunca más podría aceptar que lo bueno de la vida fuera un regalo AJENO Y CASUAL cuya duración estuviese en manos del dueño del cine. Yo debía RECHAZAR aquel regalo. Es decir, SUPERARLO.

Aquella tarde descubrí el valor del suicidio, pero, incapaz de darle contenido real, lo guardé como una simiente en mi pobre cabeza. Allí creció como una gigantesca planta carnívora y fue devorando todos mis INSTANTES DE PLACER, hasta acabar con mi vida entera. Yo era el resultado de aquella experiencia; un cadáver consumido por el deseo de morir. No estaba muerto de un modo COMPLETO, pero había logrado matar la dependencia, la angustia que durante tantos años me había destruído interiormente como un cáncer invisible. Había suprimido la angustia, sí, pero como esos locos frenéticos a quienes se les extirpa un trozo de cerebro y quedan en un estado vegetativo o mineral.

Ahora, desde mi muerte a medio hacer, recuperaba los fragmentos de la tragedia. Fragmentos de cuerpos, de objetos, de pensamientos. Un mundo hecho pedazos, de imposible recomposición, esparcidos sin orden en el teatro ruinoso de mi memoria. La visión de un idiota.

Y como un idiota sigo viviendo en esta habitación desnuda, estupefacto ante la hoja de papel sobre la que veo aparecer signos diminutos de color negro, como gusanos; o, si levanto la mirada, perplejo ante unas toallas que cuelgan al sol para secarse; la una blanca con ribete rosa, la otra blanca con ribete azul, encuadradas por el rectángulo de la ventana. O bien, si pienso en el día de hoy, irónicamente sorprendido de que todavía viva gente en el mundo, y de que entre tantísimas personas como hay, todavía exista alguien que acuda a esta habitación a alguna hora de la tarde y me pregunte, «¿qué tal? ¿cómo has pasado el día?», a lo que yo responderé puntualmente, escrupulosamente, como si un hombre mecánico, en mi interior, tuviera las respuestas grabadas.

Porque los muertos somos difíciles de distingir de los vivos, y nos disimulamos en los entresijos del mundo buscando un rincón desde donde vegetar y contemplar el espectáculo que ahora sabemos —pero es demasiado tarde— que no termina nunca, QUE ES ETERNO; para todos, menos para nosotros.

Como el soldado que impaciente por alcanzar con su bayoneta a un enemigo desconocido oculto tras el horizonte no puede detenerse en las solicitaciones que surgen a su paso, así también los muertos tendemos a un destino desconocido, sin prestar atención a lo que aparece a lo largo del camino; y cuando hemos alcanzado ese destino, una voz burlona nos dice que nuestro destino era PRESTAR ATENCIÓN Y DESCANSAR en cada una de las minúsculas revelaciones que se habían ido abriendo a nuestro paso; cada una de las cuales, a su vez, nos aconsejaba no buscar ningún destino, ni mucho menos un destino feliz. Sólo de ese modo se lucha contra la asfixia y la angustia del tiempo y del dueño de la cortinilla; prestando atención a lo que se ENCUENTRA, y no a lo que se BUSCA.

Ahora cierro ese pequeño cuaderno. Quizás mañana abra otro. Quizás también acabe cubierto de letras, como los cientos de cuadernos que se amontonan en el suelo de esta habitación. Los escribo sin intención alguna, sin buscar el menor efecto, los escribo SIN RAZÓN, y por hacerme compañía en días inacabables y vacíos.

Y esta quizá sea la verdadera RAZÓN de mi destino. Quizás es que ya he llegado a la tumba desde la que puedo recuperar el mundo perdido, el mundo invisible. Pero nunca lo sabré, porque yo ya no estoy aquí.

A veces éste me parece el contenido de la felicidad tan arduamente investigado. Otras veces creo que ya estoy en el infierno. En alguna rarísima ocasión me he acercado al espejo para afeitarme y he visto a un hombre de escaso cabello, de mejillas hinchadas, con una sonrisa infantil perpetuamente fija en la cara de yeso. Y esa sonrisa me ha recordado algo que olvidé alguna vez. Mejor sería decir que esa sonrisa me recuerda que he olvidado algo. Pero no sé lo que es porque lo he olvidado. ¿Y cómo es posible recordar que se ha olvidado algo?